夕闇通り商店街
コハク妖菓子店

栗栖ひよ子

ポプラ文庫

目次

KOHAKU YOGASHITEN

プロローグ

おや、いらっしゃいませ。人間のお客様とは珍しいですね。

こんな場所に来るのは、だいたいが霊か生き霊、あとは存在が不安定になった人だけですから。

ここはかくりよ町の果て、夕闇《ゆうやみ》通り商店街。私のようなはぐれ者や、行き場のない者しか住んでいない忘れられた場所です。

申し遅れました。私は『コハク妖菓子店《ようがしてん》』の店主、孤月《こげつ》です。どうぞお見知りおきを。

この店にたどりついたということは、あなたにもなにか悩みがあるんじゃないですか？　存在が不安定になってしまうほどの悩みが。

どうしてわかるのかって？　さあ……、ただの勘ですかね。

——おや、そちらの菓子がお気に召しましたか。お買い上げありがとうございます。それではお包みしますので、こちらへどうぞ。

おっと、店の奥は覗かぬようお願いします。ちらっと見えた大きな棚が気になる？

ふふ、ダメですよ。好奇心は猫をも殺しますから。

では商品はこちらです。

当店の妖菓子は、どんな効果が現れるかわかりません。用法・用量に気をつけてお召し上がりください。

もしなにか不思議なことが起こっても、当店では一切責任を負いませんので、お気をつけて……。

第一話

⛩

よくばりこんぺいとう

最近、彼氏が冷たい。

彼氏のせいではなく、受験生だから忙しいっていうのは理解しているけれど、それでも寂しい。

メールも電話も減ったし、向こうから連絡が来ることはほとんどない。『試験前だから返事できなくなるかも』と告げられ、ものわかりのいい彼女のふりをしてうなずいたけれど、こんなに毎月模試があるなんて知らなかった。むしろ、試験前じゃない時期のほうが少ないくらいだ。

友達には、『彼氏がいるだけいいじゃん』『贅沢《ぜいたく》な悩みだよ』って言われるけれど、みんなわかっていない。

中学のときからずっと好きだった一学年上の先輩。中学時代は生徒会長を務めていて、かっこよくて頭もいいのに気さくなその姿に憧れていた。

死ぬほど勉強して同じ高校に入ったのに、一年近く見ていることしかできなかった。やっとのことで告白して、ＯＫをもらえて……。とりたてて美人でも成績優秀でもない平凡な自分が付き合ってもらえたのは、いまだに奇跡だと思っている。

でも、楽しかったのは春休みくらい。三年生になったら先輩はいきなり受験生モードに変わって、私に対する態度もそっけなくなった。

休みの日にどこかに遊びにいくなんてもってのほかだし、登下校は貴重なデートの時間だったのに、予備校に通い始めた先輩は講義がない日でも自習室に行って勉強している。

片思いのときよりマシ、と感じるかもしれないけれど、悩みは今のほうがずっと深刻になっている。

わがままを言って嫌われたくない。面倒くさい彼女だと思われて、別れを切り出されたくない。

それでも会いたいし、声を聞きたいし、もっと優しくしてほしい。

やっぱり、私がよくばりなんだろうか。我慢して、先輩の受験が終わるまで待てばいいのだろうか。今が五月だから、あと十ヶ月も。

でも、大学生になったらますます距離が遠くなってしまう。私のことなんて忘れて、同じサークルやバイト先の女の子と仲良くなって、自然消滅するかもしれない。

一年近く我慢して、そんな結末だったらつらすぎる。

どうしたらいいんだろう。なにもしなくても先輩が私のほうを向いてくれる、そんな魔法なんてあるわけないのに。

私は放課後、とぼとぼと学校近くの神社に向かっていた。住宅街からちょっと離れたところにある、こぢんまりしたさびれた神社。周りには木が生い茂っていて少し高台にあるので、石造りの短い階段を上ることになる。

ここは高校受験のときも、先輩に告白するときもお参りした神社だ。二回とも成功したため、それ以来重要なイベントのたびにここを訪れている。しょっちゅう神頼みしている女子高生なんて絶対重いから、このことはだれにも内緒。

木や階段のおかげで、こうして境内《けいだい》に入ってしまえば人の目から逃れられるのも都合がよかった。

お賽銭《さいせん》を入れ、古びた鈴を鳴らして、手を合わせる。

先輩と長く恋人同士でいられますように。もっと仲良くなれますように。

しんみりと心の中でお願いしていると、暗い考えがふつふつと湧いてきた。

そもそも先輩は、私のことを本当に好きなのだろうか。振るのが面倒だから、付き合ったままでいてくれるのでは……？　告白をＯＫしてくれたのだって、気まぐれだったのかもしれない。

じわぁ、とまぶたが熱くなって、涙がにじむ。

今の自分がとてもナーバスになっているのはわかる。雑誌に載っていた『重い彼女・嫌われる彼女』一直線なのもわかっている。でも、初めての彼氏なのに、なにもかもうまくできる人なんていないるのだろうか。

そのとき、懐かしい香りの風が吹いた気がして、ふっと境内の奥に目をやる。

「……あれ？」

木や草が生い茂っていたはずの場所、その一部がぽっかりと拓けていて、私は目を見開いた。

神主《かんぬし》さんが、ジャマな木を切ったのだろうか？　でもなぜ、あの一部分だけ？

それに、この風はあの場所から吹いている気がする。お香のような、古い木のような、不思議な匂い。

スクールバッグの持ち手をぎゅっと握りしめて境内の奥に向かう。木と木の間が覗けるくらいまで歩を進めると、向こう側には予想もしなかった風景が広がっていた。

「えっ……？」

まっすぐに延びる、舗装されていない道。その両側に並んだ、レトロ感ただよう木造のお店。お祭りのときのように吊り下げられた提灯《ちょうちん》。

夕焼けのオレンジ色に沈んだそこは、古びた商店街だった。

「な、なんで……？」

神社の裏に、こんな商店街なんてあっただろうか。しかもどうして、道がこちらに向かって延びているのだろう。まるでこの神社が商店街の入口みたいじゃないか。

怪しい匂いを感じながらも、好奇心のほうが大きかった。以前映画で見た昭和の町並みに似ていたからかもしれない。

履き慣れたローファーで、一歩踏み出してみる。アスファルトとは違う、砂を固めたような道には小石も点在していて、〝道路〟と呼んでいいものか迷う。

お世辞にもキレイとは言えないくたびれた店はほとんどが閉まっているようだ。扉に『休業中』という札がかかっている店もあれば、私が通りかかる前にぴしゃりと扉を閉ざしてしまう店もある。なんだか、感じが悪い。

外観だけではなにを扱っているのかわからない店も、日本語ではない文字で看板が書かれた店もあって若干気味が悪い。街灯がなくて、赤や白の提灯が下がっているのもまた、現実味がなくて肌がぞわぞわする。

それでも引き返さずに進んでいるのはどうしてなのか、自分でもわからない。悩みすぎて、やけっぱちな気分になっているのだろうか。普段は臆病で、文化祭のお化け屋敷だって入れないタイプなのに。この場に先輩がいたら、『こんなところ行くのやめましょうよ。怖い』って腕を引っ張って止めていただろう。たぶん。

そろそろ道の突き当たり、というところで、やっと明かりの漏れているお店を見つける。商店街の端にあるその店は、ほかの店よりも小綺麗に見えた。古いけれど、手入れはされていそうな飴色の木壁。ガラスの覗き窓がついた木の扉は立体的な装飾が施されていて、桃色のぼんぼりが飾られている。

看板には、筆文字で『コハク妖菓子店』と書いてあった。

洋菓子店ではなく、妖菓子店？　と疑問に思う。しかも、定休日が『新月と満月の日』とはどういうことだろう。

でも、お菓子屋さんなら高い商品を無理にすすめられなそうだし、ちょうど甘いものが食べたかったし、と入る理由を考えながら扉を開けてみる。キイィ……と木のきしむ音がして、薄暗い店内の風景が目に飛び込んできた。

天井のランプに照らされ、腰の高さほどの棚に雑然と置かれているのは、大福やおまんじゅうなどの和菓子や、こんぺいとうや金太郎飴、キャラメルみたいなレトロなお菓子。

「いらっしゃいませ。人間のお客様なんて珍しいですね」

暗がりから声がして、びくっと肩が跳ねる。店の奥に視線を向けると、金髪で袴姿のイケメンが立っていた。年は二十代半ばくらいだろうか。切れ長の目も金色で、肌の色も白く、日本人離れした容姿をしている。……そして一瞬、長めのショートヘアの上に薄茶色の、狐のような耳が見えたような気がするのだが、見間違いだろうか。

「こ、こんにちは。……人間が珍しいって、どういうことですか？」

ふ、とイケメンが口角を上げる。作りものめいた微笑みを浮かべると、余計に現実味がなく精巧な人形のように思える。

「ここは現世《うつしよ》と幽世《かくりよ》の狭間、夕闇通り商店街。ここに来るのは霊か生き霊、もしくはあなたのように存在が不安定になった人間だけです」

「ええっ……」

その説明にびっくりしたけれど、すぐに理解が追いつく。

おそらく、ここはこういったコンセプトの店なのだ。設定があって、テーマパークのような接客をするタイプの。

最近こういうカフェやお店が増えているのは知っている。でも、こんな辺鄙《へんぴ》な場所でやっても話題にならないと思うのだけど。

「申し遅れました。私は店主の孤月といいます」

男性にしてはやや高めな、涼やかな声で挨拶すると、孤月さんは頭を下げた。

「ど、どうも……。じゃあそうすると、孤月さんは狐かなにかなんですか？」

さっき一瞬だけ見えた耳はコスプレ道具だろう、と当たりをつけてたずねてみる。

きっと久しぶりのお客さんで張り切っているだろうし、ここまで演出してもらって
黙っているのも申し訳ない。

「おや、鋭いですね。半分だけ正解です」

「半分だけ……？」

続きをうながしてみたけれど、孤月さんはそれ以上なにも言わない。ついでだし、
ほかに気になったことも質問してみようか。

「あの。どうして新月と満月の日がお休みなんですか？」

「嫌いなんです、新月も満月も。私は中途半端な存在なので、月の力が極端に強ま
る日や弱まる日には、具合が悪くなるのですよ」

皮肉めいた声色で孤月さんが答える。先ほど『半分だけ狐』と言っていた設定が
関係しているのだろうか。というか、月に二回しかお休みがなかったら、具合が悪

くなって当然だと思うのだが……。ほかに従業員もいなそうだし、このお店はひとりで経営しているのかもしれない。

　せっかくこんなにイケメンなのに、流行らない店をやっているなんてもったいないなあ……と思いつつ商品を眺めていると、

「存在が不安定になるのには理由があるのですよ。あなたも、なにか思い悩んでいることがあるんじゃないですか」

　と声をかけられ、手に取ったこんぺいとうを落としそうになった。

「な……なんで、わかるんですか？」

　思わず、孤月さんの金色の目を凝視してしまう。まつげも金色で、マッチ棒が載るくらい長かった。

「経験と、勘ですかね。……おや、そのこんぺいとうが気になりますか？」

「あ……、えっと……」

　私の手にあるお菓子を見て、孤月さんがにやりとした。丸みのある透明な容器に入ったこんぺいとうは、淡い紫色と青色のグラデーションが紫陽花《あじさい》のようだ。見た目がかわいいのはもちろんだけど、私が気になったのはそこではなかった。

「商品名が気になって……」

ここのお菓子はどれも、少し変わった商品名がついている。ただの『豆大福』や『どら焼き』ではなく、なにかしらの修飾語が付属しているのだ。

このこんぺいとうは、『よくばりこんぺいとう』。自分はよくばりなのだろうか、と考えていたのでつい手に取ってしまった。

「これは、食べると小さないいことが起きるこんぺいとうなんですよ。でも、一日一粒しか食べてはいけません」

内緒話をするように人差し指を唇に当てて、孤月さんがメルヘンな設定を説明する。

「なるほど、それで『よくばり』なんですね。でも、こんぺいとうを一日一粒だけって、難しくないですか？」

「そうですね。……でもそれでなにかが起きても、私には責任が持てませんから」

ドキリ、と心臓が大きく動いた。孤月さんの冷たい表情が、まるで脅しているみたいだったから。

なにかって、なんだろう。孤月さんの演技があまりにもリアルだから、設定ということを忘れて怯えてしまった。

「――これ、買います」

腰が引けたのを悟られたくなくて、孤月さんに押しつけるようにこんぺいとうを渡す。

値段は、『三百圓』と書いてあった。安いし、粒も大きくておいしそうだし、買っても無駄にはならないだろう。

手打ちのアンティークなレジがあるカウンターでお金を払うと、孤月さんはこんぺいとうをセピア色の紙袋に入れてくれた。

「ありがとうございます。用法・用量に気をつけてお召し上がりください」

＊　＊　＊

変わった店だったな、と、家に帰ってからも自室でこんぺいとうを眺めてぼうっとしていた。あのやたら鋭い店長さんの副業は、占い師なのかもしれない。それだったら、ミステリアスな雰囲気も芝居がかった演出もうなずける。

「……食べてみようかな」

夕飯も終わったし、歯を磨く前だし。

横になっていたベッドから起き上がり、机の上に飾ったこんぺいとうの入れ物を手に取る。中身をざらっと手のひらに出してから、孤月さんのセリフを思い出して容器に戻した。

びびっているわけじゃなくて、一応設定に合わせてあげるだけだし、と一粒だけ残したこんぺいとうを見て心の中でつぶやく。

ぱくりと口に放り込むと、砂糖の混じりけのない甘さが広がった。すごく甘いけれど、ちょっとだけハッカの風味もして食べやすい。これを一粒だけで我慢しろなんて、けっこう無茶なお願いだと思う。

まあでも――。おまじないを信じる歳じゃないけど、本当に三百円でいいことがあったらラッキーだよね。

このまま明日の予習をすませようと椅子に座ると、枕元に置いた携帯電話がピリリと鳴った。これはメールじゃなくて着信音だ。

あわてて携帯に飛びつくと、画面には先輩の名前が表示されている。

「も、もしもし？　先輩？」

緊張して、声が少し裏返ってしまった。だって、電話なんて久しぶりだし。

「あ、加奈《かな》？　今、電話大丈夫？」

「あ、はい。大丈夫です。どうしたんですか？　先輩から電話なんて珍しい……」

「予備校での模試が終わったところでさ。今日は長めに話せるよ」

手応えがあったのか、先輩の声は晴れ晴れとしていた。

「ほんとですか？　うれしい……」

「いつも加奈にかけてもらってばかりだから、たまには俺からと思って」

先輩の言葉に、胸がじーんとする。

いつもは聞き役が多い先輩も、今日は積極的に話を振ってくれる。授業中に先生が言ったギャグとか、友達のやらかした失敗とか、私のくだらない話にも笑って相づちを打ってくれるので、すっかりうれしくなってしまった。

そのあと一時間くらい楽しく雑談して、気分が高揚したまま私は電話を切った。

は〜っと熱い息を吐き出しながら、携帯電話を胸に抱きしめる。こんなに幸せな気持ち、久しぶり。

「もしかして、本当にこんぺいとうのおかげなのかな……？」

ちらりとこんぺいとうに目をやり、その甘さを舌先で反芻《はんすう》する。

いや、まさかね。たまたまタイミングが重なっただけだって。

そう自分に言い聞かせたのに、次の日も私は、一粒だけこんぺいとうを口にして登校した。

教室の席に着くなり、珍しくほかのクラスの友達に廊下から呼ばれた。去年同じクラスで、今でもメールでやりとりを続けている子だ。スクールバッグを机に置いて、廊下まで出る。

「おはよう。うちのクラスまで来るなんて、なにか急用でもあった？」

「ちょっと加奈に渡したいものがあって。はい！」

満面の笑みで手渡されたのは、映画のチケットだ。しかも、公開前から話題になっているアニメの。

「えっ。どうしたの？　これ」

たずねると、友達はふふ、と含み笑いをした。

「前売り券についてくるグッズ目当てでたくさん買っちゃって。でもひとりでそんなに見にいけないから、加奈におすそわけしようと思って。ほら、加奈の彼氏、このアニメ好きって言ってたでしょ」

「う、うん」

そういえば、そんな話を友達にしたこともあったっけ。先輩と話題を共有したくて、私もアニメを見ていたのだ。

「今週の土曜日から公開だから、ふたりで見にいきなよ」

「あ……。ありがとう！」

感極まってお礼を告げると、友達は「いいっていいって。じゃあね」と手を振りながら自分のクラスに戻っていった。

もらったチケットは二枚ある。私は急いで、先輩にメールを打った。

前売り券を友達にもらったから一緒に映画に行かないかと誘うと、すぐに返事がくる。土曜日だったら予備校がないからちょうどいいという内容だった。

やった、久しぶりのデートだ！

思わず廊下でガッツポーズをしそうになって、ハッと冷静になる。

昨日の電話に引き続き、今日も予想外のいいことが起こった。ただの偶然ですませようとしていたけれど、いよいよこんぺいとうの効果が真実味を帯びてくる。

『これは、食べると小さないいことが起きるこんぺいとうなんですよ』

コハク妖菓子店の不思議な雰囲気と、孤月さんの作りものめいた美貌を思い出す。

あのお店に行ったらだれだって、ほんの少しの可能性を信じたくなるだろう。

ラッキーグッズにすがるわけじゃないけれど、『小さないいこと』が続く限り、こんぺいとうを信じて食べ続けてみようと心に決めた。

それからの毎日は、絶好調だった。コンビニのくじに当たったり、直前に見直していたところが小テストに出たりと、幸運が続いた。それはどれもささやかなものだったけど、毎日代わり映えのしない学生生活を楽しく彩るには充分だった。

先輩との映画デートもバッチリで、『受験が終わるまで加奈が寂しくないように』とおそろいのシャープペンシルまでプレゼントしてくれたのだ。私が普段使っているキャラものとは違う、シンプルで大人っぽいシャープペンシル。記念日でもない日の思いがけない贈り物に涙ぐんでしまい、『そこまで喜んでくれるなんて』と先輩は驚いていた。

そうして五月も下旬になるころ、一学期の中間テスト期間がやってきた。

テスト範囲が発表されたあたりから、図書室や学習室で見かける三年生はピリピリし始め、先輩からメールが届いていた携帯電話もまったく鳴らなくなった。あっという間に、電話するのにも気を遣う日々に元通りだ。

テスト中にも小さないいことは起きていたけれど、テストのストレスと、先輩と連絡がとれない寂しさには勝てなかった。私はすっかり、ラッキーが続く日常に慣れてしまっていたのだ。

試験最終日、先輩とおそろいのシャープペンシルで問題を解きながら、ため息をつく。寂しさをまぎらわすために真剣に勉強をしたからか、テストの手応えはあった。『彼氏ができてから成績が下がった』なんてお小言は聞かなくてすむだろう。

普段だったら解放感にあふれているはずの最終日でも、私の心は晴れなかった。このあと予備校でも定期試験があり、先輩はそちらの対策に忙しくなるらしいのだ。予備校はレベルごとにクラス分けされていて、試験の結果が悪いとクラスを落とされるので、これは仕方のないことだ。

でも、仕方のないことと、我慢のできることは違う。

家に帰り、モヤモヤしたままベッドに寝転んだ。せっかくテストが終わったのに、ドラマを見る気にも漫画を読む気にもならない。いつもだったら、待っていましたとばかりに好きなことをして過ごすのに。

丸っこいこんぺいとうの容器を、手のひらでもてあそぶ。毎日食べているせいで容器の半分くらいまで中身が減ってしまった。

小さな幸せじゃ解決できないこともあるんだなぁと、なんだかがっかりした気持ちにもなっていた。最初はあんなに、無敵になったような気分だったのに。

『でも、一日一粒しか食べてはいけません』

ふいに、孤月さんの声がよみがえる。

私は律儀にその言葉を守っていたけれど、破ったらどうなるのだろう。たくさん食べたらどうなるかなんて、孤月さんは具体的なことは教えてくれなかった。

一日一粒で小さないいことが起こるのなら、たくさん食べればすごくいいことが起こるのでは？　そんな考えが頭に浮かぶ。

どうして禁止されたのかはわからないけれど、ためしてみたい気持ちがふつふつと湧いてきた。

――いいや、食べちゃえ。

心の中の悪魔がささやいてすぐ、私は容器の蓋を開けて手のひらにざらざらとこんぺいとうを取り出すと、一度に口の中に放り込んだ。

口いっぱいの、なかなか嚙み砕けないこんぺいとう。強烈に甘くて、ちょっと涙が出てきた。

容器の中身はさらに半分になってしまったけれど、後悔はない。むしろお菓子をやけ食いしたときのようなすっきりした気持ちだ。

「加奈ー、ごはんよー！」

階下から母の呼ぶ声がする。「はーい」と答えてダイニングに向かうと、テーブルの上には私の好きなチキンのトマト煮込みが載っていた。しかも、サラダがタラモサラダだ。マッシュポテトに明太子を混ぜたタラモサラダは、『手間がかかって嫌』と母はあまり作ってくれないのに。

「わあ、これ、好きなやつ！」

椅子に座りながら歓声をあげると、母は「ふふ」と笑った。

「今日、テスト最終日だったんでしょ。今回、テスト勉強もマジメにがんばってたみたいだから、ごほうび」

「うん……、ありがとう」

がんばったのは本当なのに、その理由を母には隠しているため、罪悪感がある。

彼氏のことをいろいろ相談するのって、なんだか恥ずかしいし。

でも、これってもうこんぺいとうの効果が出ているってことだよね。まだほんのラッキー程度だけど、これからもっと大きないいことが起こるのだろうか。

父も食卓にそろい、家族全員で夕飯に舌鼓を打っていると、つけっぱなしだったテレビのニュースを見て父が声をあげた。

「ん？　このニュース、うちの市じゃないか？」

「えっ？」

私もテレビに視線を向ける。するとそこには、見覚えのある予備校の名前が映っていた。

「汚職疑惑でしばらく閉校ですって。大変ねえ。加奈の周りには、ここの予備校に通ってる子、いない？　……加奈？」

母の言葉は耳に入っていなかった。たった今、経営陣の汚職疑惑が報道された予備校は、先輩の通っているところだったから。

「嘘……でしょ」

顔色が真っ青になって、それ以上夕飯を食べ進められなくなった私を両親は心配してくれた。「大丈夫、テストで疲れただけだから」とごまかして部屋に戻る。

ベッドに倒れ込むと、寒気でぶるっと身体が震えた。

まさかこれも、こんぺいとうの効果なの？　私のせいで、先輩の予備校がなくなっちゃうかもしれないの？

予備校がなければもっと会えるのにって、思うこともあった。せめて放課後、一緒に帰れるのにって。

「でも……だからって……」

こんな大事になるのを望んでいたわけじゃない。

携帯電話が鳴って、メールの受信を知らせる。おそるおそる開くと、先輩からだった。予備校がしばらく閉まることになった、もうニュースで報道されているらしいと、先輩らしくない簡潔な文面。

いつもと違う、絵文字がひとつもないメールの文面から、消沈している先輩の様子が伝わるようだった。

とても電話をかける気にはならなくて、ニュースを見たことと心配していることをメールで伝える。

明日が来るのが怖い。こんぺいとうの効果は、これで終わりなのだろうか。いや、あんなにたくさん食べたのだから、このまま終わるわけがない。

もういいことなんて起きなくていいから、どうかこのまま効果が切れますようにと、その日は震えながら眠った。

次の日。予備校が休みになったから一緒に下校しようと先輩に誘われた。ニュースに関しては、『まだどうなるか決まったわけじゃないし。もし予備校がなくなるようだったら違うところを探すよ』とあっさりした答えだったけれど、無理しているのがわかる。私の話にも笑顔で返してくれて、一見いつも通りの先輩なのだけど、話が途切れたときに横顔を見ると、真剣な顔で考え込んでいるから。

別れ際に、次の土日は一緒に図書館で勉強しようと誘われた。放課後も休みの日も一緒に過ごせてうれしいはずなのに、ちっとも気分が弾まない。一緒にいても先輩の元気がなかったら、楽しくない。

『……でもそれでなにかが起きても、私には責任が持てませんから』

一日一粒しか食べてはいけないと注意したときの、孤月さんの言葉を思い出す。

もしかして、バチが当たったのだろうか。小さないいことじゃ満足できなくて、自分に都合のいい展開を望んだよくばりな私への、警告なのだろうか。

びくびくしながら一日を過ごし、再び放課後が訪れたときには少し安心していた。

昨日はこんぺいとうを食べなかったし、今日もなにも起きなかった。これでもう、こんぺいとうの効果は切れたのかも。家に置いておくのが心配で、バッグの奥にこっそりしのばせてきたこんぺいとうの容器を見て、ホッとため息をつく。

今日返ってきたテスト結果も、予想通りの点数と順位だった。苦手な数学も平均点をとれたのはうれしかったけれど、がんばってもこのくらいなのか、という残念さもあった。もっといい成績をとるには、テスト前だけの努力じゃ無理なのだろう。

やっぱり進学校は甘くないなと肩を落とす。

でも、先輩は三年生になってからずっとがんばってきたし、きっといい結果が返ってきただろう。

そう思っていたのに、校門で待ち合わせた先輩の表情は暗かった。

「加奈、テスト結果、返ってきた？」

私がたずねるより早く、先輩から話を振ってきた。学校を出たばかりの通学路はまだ生徒が多く、周りを気にしながら答える。

「あ、はい……。前回よりは少し順位が上がっていました。先輩のほうは？」

「俺も今日返ってきたよ。でも、点数は上がっていたけれど全体の順位は下がっていた」

期待していた返事と違って、私は一瞬言葉を失った。

「えっ……？　だって先輩、あんなにがんばっていたのに」

テスト前だけ勉強していた私と違って、先輩はずっと努力していた。

「三年になってからがんばり始めたのは、俺だけじゃないってことだよ。特に今まで部活をやっていて、三年になってから引退したやつらの伸びがすごい。予備校に通い始めて安心していた自分が甘かったよ」

自嘲するような先輩の声色。たしかに、学年が上がってから三年生の空気はがらりと変わった。努力しているのが先輩だけじゃないのも知っていた。でも、こんな厳しい結果になるなんて予想もできなかった。

「このままじゃ、志望校を変えないといけないかもしれない。うちの家計だと国立しか無理って言われているから、そもそも大学進学すらできないかも」

「そんな！」

反射的に大きな声を出してしまう。家がそれほど裕福じゃないから私立は受験できないという話は聞いていた。だけどどこかで、先輩は自分と違って優等生だから余裕だと楽観視していたんだ。

「ごめん、悪いほうに考えすぎた。予備校の先生を信頼していたから、思ったより気落ちしているのかも」

そう明るく返す先輩の目は、笑っていない。こんな先輩の表情を見るのは初めてだった。目の下にクマができているのにも、いつもサラサラの髪の毛に寝癖がついているのにも、今気づいた。

いつもきちんとしていてかっこいい、自慢の彼氏。私は先輩を、完璧な人間だと思い込んでいたのだろうか。どんな状況でも強くて、弱音なんて吐かない人だと信じていたのだろうか。

そうじゃなかった。ひとつ年上だってだけで、先輩だって私と同じ高校生なんだ。通っている予備校がニュースになって、努力も報われなくて、平気なわけがない。

「加奈、どうしたの？」

先輩が私の顔を見て目をみはる。いつの間にか私の目からは、ぼろぼろと涙があふれていた。

「わた……、私のせいかも」

鳥肌が立ち、震える腕で自分を抱きしめる。

「加奈？」

「予備校がこんなふうになったの、私のせいかもしれないんです……！」

嗚咽《おえつ》をこぼす私の手を引き、先輩は人通りの少ない裏道に連れていった。

「どういうこと？　落ち着いて話してみて」

優しくうながすように、先輩は私の肩に手をポンと置く。

私はしゃくりあげながら、不思議なこんぺいとうを買ったこと、それからいいことが続いて、映画のチケットもこんぺいとうを食べたあとにもらったことを説明した。

「でも私、それでも満足できなくて……っ。約束を破って、こんぺいとうを一度にたくさん食べてしまったんです……！　一日一粒って言われていたのに……！」

あのときに時間を戻したい。そうしたら、殴ってでも自分を止めるのに。

「よくばりになった自分のせいなんです！　先輩の都合なんて考えないで、一緒にいられれば幸せだと思っていたんです……！　自分だけ幸せでも、相手がそうじゃなかったら意味がないって、ずっと気づけなかった……。ごめんなさい……！」

そこまでひと息にしゃべった私は、バッグを抱えてしゃがみ込んだ。力が抜けて、とても立ったままではいられなかった。

「加奈……」

バカにするでも失望するでもなく、先輩は真剣な顔でなにかを考えていた。

「そのこんぺいとうって、今持ってる？」

「は、い……。家に置いておくのが怖くて、バッグの中に」

バッグのファスナーを開けて、しまっておいたこんぺいとうを出す。底が見えそうなくらい減っているそれを、先輩は手に取ってしげしげと眺めた。

もしかして、信じてくれたのだろうか。こんな荒唐《こうとう》無稽《むけい》な話、笑い飛ばされても仕方ないと思っていたけれど。

「見た目は普通のこんぺいとうだね。なんのラベルも貼ってないし、飾り紐も独特だから市販のものではないみたいだけど」

　こんぺいとうの蓋を開けた先輩は、容器に鼻を近づけると「ハッカの匂いがする」とつぶやいた。

「これを一日一粒だけ食べれば、いいことがあるんだよね？」

「あっ」

　先輩は容器に素早く手を突っ込むと、私が止める前にこんぺいとうの粒を口に入れた。

「だ、ダメです、食べちゃ……！　なにが起こるかわからないのに……！」

　焦って立ち上がり、先輩の手からこんぺいとうの容器を奪い取る。

「大丈夫。加奈の話だと、一日一粒を守っていれば、いいことしか起こらないんでしょ？」

「そうですけど、でも……」

　ハラハラしながらこんぺいとうを噛み砕く先輩を見守っていると、携帯電話の着信音が鳴った。

「ごめん、俺の携帯だ。……予備校から？」

　制服のズボンのポケットから携帯電話を取り出すと、先輩は私に断ってから「もしもし」と電話に出た。

「はい。……はい。えっ、本当ですか!?」

相手の声は聞こえないけれど、先輩の声がワントーン高くなって、驚きに満ちた表情に変わる。

電話を切ると、先輩は晴れやかな顔で私に向き合った。

「朗報だ。汚職疑惑が晴れて、明日から予備校が再開されるって」

「えっ、本当に……!?　よかった……!」

昨日の今日で、ニュースが撤回されるなんて思ってもいなかった。先輩の頬も上気していてうれしそうだ。

「またあの講義を受けられるなら、もっとがんばれそうな気がする。予備校のレベル分け試験で挽回しないと」

「はい……。早く解決して、本当によかったです」

もしかして、先輩がこんぺいとうを食べたから、いいことが起こったということなのだろうか。

「そうか……。最初から、そうすればよかったんだ」

ふたりの関係を良くしたいんだったら、最初からふたりで分け合えばよかったんだ。こんな簡単な方法に気づかないくらい、私は自分のことしか考えていなかった。

「これで予備校のことは解決したんだから、もう加奈の心配事はないよね？」

棒立ちになったままの私に手を差し伸べながら、先輩が声をかける。

だけど私は、その手を取らずに首を横に振った。

「いえ……。今回のことで気づきました。私は先輩の彼女でいる資格がないです」

え、という口のまま、先輩は固まっている。そして、顔をくしゃりとゆがませながら、ゆっくり言葉を発した。

「それは……、俺のことが嫌いになった、ってことでいいの？」

「そんなわけないです！　私が嫌いになったのは……自分のことです！」

手のひらを握りしめて叫ぶと、またまぶたがじわっと熱くなってきた。

「先輩のことは大好きです。でも、私、またよくばりになって迷惑をかけるかもしれない……。自分がどれだけ自分勝手で子どもなのか、よくわかったんです」

先輩は、じっと私を見ている。いつ『わかった、別れよう』と言われるのか緊張しながら身体をこわばらせていたら、今度は先輩が首を横に振った。

「そんなの、加奈だけじゃない。俺もだよ。受験勉強をがんばらなきゃいけないのに、加奈の告白を断れなかった。受験でいい結果を出すことも、彼女との高校生活も、両方手に入れたかったから」

「そう、なんですか？　私、告白をＯＫしてもらえたのは運がよかっただけだと思っていて……」

「そんなことないよ。加奈のことは中学のころから知っていたし、好きだな、かわいいなと思えたからＯＫしたんだよ」

カアッと顔が赤くなって、うつむく。先輩がそんなことを考えていたなんて、知らなかった。

「でもその結果、自分のことでいっぱいいっぱいで、加奈がそんなに寂しがっていたのにも気づかなかった。よくばりで自分勝手なのは、俺も同じなんだよ」

「知らなかったです……。先輩はいつも落ち着いていたし、余裕があるように見えていました」

「必死でかっこつけてただけ。実は今だって、こんなこと話して嫌われないかけっこうドキドキしてるし」

苦笑する先輩を見てやっと、彼をクラスの男子と同じ、等身大の男の子として見ることができた。

「そんなこと、絶対にないです。むしろもっと、好きになりました」

「うん、ありがとう」と言って、先輩は私の頭をぽんぽんとなでる。

「だからもう、これからは大丈夫。こんぺいとうに頼らなくても、ちゃんと自分たちで話し合って問題を解決していけるよ。今日みたいに」

「はい……。ありがとう、ございます……」

泣くのを我慢していると、先輩はそっと私を引き寄せ、抱きしめてくれた。

身長差のある先輩の胸は私がすっぽりおさまってしまうくらい大きくて、背中に腕を回しながらドキドキしていた。

しばらく無言で抱きしめ合ったあと、お互い照れくさそうな表情で離れる。

「これからは……、ひとりで悩む前に、ちゃんと話します」

「うん。そうしてくれるとうれしい」

理解のある彼女になりたくて、面倒くさい彼女と思われたくなくて、我慢していた。

それがそもそもの間違いだったんだ。ひとりでは解決できなくても、ふたりだったらなんとかできる問題だって、きっとたくさんあるんだから。

その後。残ったこんぺいとうは自分で食べずに、家族と友達に一粒ずつ配った。『食べるといいことが起こるらしいよ』と話すと、みんなおみくじを引くときみたいなワクワクした顔になる。

このこんぺいとうは、本当はこんな気持ちで食べなきゃいけなかったんだ。なにかいいことが起こるかなって考えるだけで楽しくて、それだけで『小さないいこと』が叶うような。

「でもいいの？　そんなラッキーアイテムなのに、みんなに配っちゃって」

こんぺいとうの粒を口に入れずに見つめていた、クラスの友達が気遣うようにたずねる。

「うん、いいの。みんなに食べてほしいの」

大切な人たちに『小さないいこと』が起こってくれたら、それは自分にとっての幸せにもなるんだって、気づいたから。


放課後、ひとりであの神社に行ってみると、境内の奥の道はなくなっていた。ぽっかり拓けていた部分にも、元通り木と草が生えている。

あの日訪れた商店街が現実のものなのか、コハク妖菓子店は本当に存在するのか、わからなくなってきた。

「……もしかしたら、狐につままれたのかな?」

そうつぶやくと、『心外です』と顔をしかめた孤月さんが頭に浮かんできて、私はふふっと笑みを漏らしてしまった。

＊　＊　＊

少女が佇む神社の屋根に、夕陽に照らされた人影がひとつ。袴姿のその人物には、狐耳としっぽがついていた。

「実は、こんぺいとうを一度にたくさん食べても、一日ひとつしかいいことが起きないだけで、悪いことなんて起きないんですけどね。少し脅かしすぎましたか」

まったく反省の色が見えない愉快そうな声で、孤月はつぶやく。

「ただ偶然起こっただけの悪いことでも、うしろめたいことがあると自分の行動と結びつけてしまうものなんですね。予想外でした」

孤月が目を細めると、その動きに合わせてしっぽが揺れた。

「では、いつも通り、いただくとしましょうか」

手を宙にかざすと、少女の持っていたスクールバッグからこんぺいとうの容器が浮き上がり、ぽうっと光ったまま孤月の手に渡った。

「しかし、よくばりな自分に気づいたとき、人間はこういう行動をとるんですね。非常に興味深い」

一粒だけ残っていたこんぺいとうを取り出し、ふうっと息を吹きかけると、薄紫色の小さなお菓子は一瞬で琥珀に包まれた。

「また感情のサンプルがとれました。でも、もっと集めなければ」

少女がバッグの中身をあさって首をかしげるのを見届けると、孤月はわずかに口角を上げた微笑みだけ残して、ふっと姿を消した。

第二話

とうめい和三盆

僕は自分の容姿が大嫌いだ。

「はじめまして。担当させていただく小熊《こぐま》と申します。よろしくお願いします」

そう言って名刺を差し出すと、テーブルの向かいに座った若い夫婦が同時に笑いをこらえた。

テーブルの上の名刺には【○○不動産　○○支店　小熊歩《あゆむ》】と書いてある。

この名前を見ると、ほとんどの人は小熊がとことこ歩いている様子を想像するらしい。

「かっ、かわいい名前ですね」

奥さんのほうがフォローを入れてくれたけれど、旦那さんはまだ頬が引きつっている。

「ははは……。珍しい名字ですからね。よく言われます」

そう返したけれど、珍しさとかわいらしさで笑われているわけじゃないことはわかっていた。

　この支店に配属が決まったとき、『お前、この名前でその見た目は反則だろ。すげえ持ちネタだな。接客に向いているよ』と支店長に肩をバシバシ叩かれた通り、名前がネタになっている原因は僕の容姿にあった。

　小柄で、お腹のぽっこり出たぽっちゃり体型。丸顔に配置されたこぢんまりしたパーツはどこからどう見ても攻撃性がなく、ハチミツが好きなクマのキャラクターみたいだ。

　開き直って自分から笑いを取れたらいいのだけれど、そうできるのは器用でコミュニケーション能力が高いやつだけだ。僕には、そのどちらも欠けている。

　それでも子どものころは、容姿など気にせず明るく過ごしていた。教室の中で息をひそめて、目立たないよう気をつけるようになったのは、中学時代のあの出来事からだ。

　放課後、忘れ物に気づいて教室に戻ると、数人の女子が恋バナをしているのに遭遇した。その中にはひそかに気になっていた子もいて、僕は悪い行為と知りながらドアの裏から盗み聞きをしてしまった。

　話題はクラスの男子だったらだれがいいか、というもので、女子の中のだれかが

『小熊はどうよ』と話を振った。

『小熊？　ないない！　だってあいつ、男っていうか、ゆるキャラじゃん！』

そう笑い飛ばしたのは、僕が想いを寄せていた女子だった。

男っていうか、ゆるキャラじゃん——。そのセリフを聞いて初めて、僕は自分の容姿がネタにされるレベルなのだと気づいたのだった。

思春期の自尊心をズタズタに傷つけられた僕は、それから灰色の青春を送ることになった。笑われないよう、いじめられないよう、おとなしくて無害なキャラに徹した。そのおかげで気配を消すのと、愛想笑いだけはうまくなったと思う。

もちろん、当初はダイエットに励んでみた。しかし、丸顔で骨格もずんぐりしているので、やせても身体が少ししぼむくらいで、スマートにはならない。友人に、『最近小熊、存在感なくない？』『やつれた気がする』と忠告を受けたので、しぼんでやつれたチビよりは、ぽっちゃり健康に見えるチビを選んだ。

そうやって無難に生きてきた僕だったが、風向きが変わったのは就職してからだ。不動産会社に就職したら、なぜか窓口業務に配属されてしまったのだ。ほかの窓口担当は、きれいどころの女性社員や、清潔感のある容姿の男性社員なので、どうして僕が？　という気持ちになる。

お客様に名刺を出して挨拶するとほぼ失笑されるし、容姿と名前をバカにされているようで憂鬱《ゆううつ》な毎日だ。

「はぁ……」

外回りの帰り道、僕は重たい身体を引きずっていた。もう夕方だというのに、梅雨明けの気候は僕にとっては厳しい。外にいるだけでシャツにはじんわり汗がにじんでくる。

「やっぱり自分は、この仕事に向いていないんじゃないかな……」

今日も、ヤンキー風の金髪のお客様には『声が小さい』と何度も聞き返され、女性ひとりで来たお客様と内見に行った際には、説明をしながら汗を大量にかき、ハンカチで顔をふいていたら笑われてしまった。

汗っかきなのもあるけれど、過去のトラウマのせいで、女性とふたりきりになると過度に緊張してしまう。その根は深く、女性社員がこちらを見て話しているだけで、陰口を言われているのではないかと疑心暗鬼になるくらいなのだ。

最近では、転職も考えている。とは言ってもこんな僕が、今よりいい仕事に就ける可能性は低いと思うけれど、上司が部署異動を検討してくれないのだ。新卒で入社してから、三年。二十五歳なんて、転職を考えるのにちょうどいい年齢だ。

支店長には『お前は接客に向いている』『もっと自信を持って営業しろ』と体育会系のノリで励まされている。

自分に自信がないから、後輩のイケメンみたいに押しの強い営業ができない。家賃が高めのほうの物件を『こっちのほうが絶対いいですよ』とすすめたり、『僕だったらこっちにしますね』と堂々と意見を主張したりできないのだ。

たまに、複数の物件で迷っているお客様に『小熊さんならどうしますか』と訊かれることもあるが、『う〜ん、僕だったらこっちですけれど……。でもこっちも、この部分が捨てがたいんですよね……』とどっちつかずの返事をしてしまう。

「自分が透明人間だったらなあ……。そうしたら、容姿を気にせず本当の力が出せるかもしれないのに」

イケメンになりたい、なんて大それたことは願わないから、このくらいのささやかな願いは叶えてもらえないだろうか。

それにしても暑い。このあたりは喫茶店も自動販売機もなく、持参したペットボトルは飲みきってしまった。支店まではまだ距離があるから、涼めなくてもせめて水分補給だけはしたいのだが。

「お？」

ぜえぜえと息を切らしているときに、ひなびた神社を見つけた。このエリアには何度も足を運んでいるのに、神社を見つけたのは初めてだ。

神頼みついでに、自販機がないか探してみようか。そう考えて僕は石造りの階段を上った。

鳥居をくぐって境内まで進むと、木が生い茂っているせいで日陰が多く、涼むのにぴったりだった。ぐるりと見回すけれど、自販機のようなものは置かれていない。社務所もないような小さな神社だから当たり前か。

せっかくだから参拝だけでもしていこうと、賽銭箱に小銭を入れた。

透明人間になりたい、それでなければ上司が部署異動を考えてくれますようにと、後ろ向きな願いごとを神様に押しつける。

一礼して踵《きびす》を返したとき、ふと違和感を覚えて本殿を振り返る。

「……あれ？」

神社の敷地をぐるりと囲むように生えている草木。境内の奥まったところに、それがぽっかりと拓けている部分があった。

なんでここだけ、と不審に思いながら近づいてみると、予想外の光景を目にした。

神社からまっすぐ延びた道の先に、古びた商店街があったのだ。このへんは新しめの住宅街なのに、そこだけ時間を切り取ったみたいな、レトロな風情の。

お香のような香りが流れてきて、ぶるりと身体が震える。腕には鳥肌が立っていた。

こんなに暑いのに寒気を感じるなんて、熱中症になりかけているのかもしれない。早く水分をとらなければ。急を要しているのだから、少しくらいの寄り道は大目に見てもらえるだろう。

そう言い訳を考えながら、僕は商店街に足を踏み入れた。

砂を固めたような道に、アスファルトに慣れた革靴が引っかかる。道の左右に並んだ商店はほとんどが看板を下ろし、窓の中も暗くて見えない。いわゆる、シャッター商店街というやつだ。

きっと近代化した住宅街に忘れ去られた場所なのだろう。こういった場所が好きな人もいるから、活性化できたら新しい物件やお客様も呼び込めるのにと、ついつい仕事目線で考えてしまう。接客は苦手だけど、住宅に関わる仕事自体は好きなのだ。

しかし、赤や白の提灯や、読めない文字で書かれた看板はなんなのだろう。和風と中華がまざったような独特の雰囲気だ。

「あ！」

道半ばで、僕は『ラムネ・冷やしあめ』と書かれたのぼりを見つけた。

現代風に言うとジューススタンドだろうか。タバコ屋のような、小さなカウンターが壁についた店があった。

「あのう、すみません。ラムネをいただきたいのですが……」

カウンター上部の小窓から、奥に向かって呼びかけてみる。すると、薄暗い店内から手だけが伸びて、カウンターの上に水色のラムネ瓶が置かれた。

「ひっ。び、びっくりした」

せめて一言声をかけてほしかった。僕のように接客が嫌いなのか、よっぽどやる気のない店主なのだろう。

「ありがとうございます……。お代、ここに置いておきます」

僕はカウンターの上に百円玉を載せて、さっさと退散することにする。

栓代わりのビー玉を押して、冷えたラムネを一気に飲み干すと気分がよくなった。

用事はすんだけれど、参考になる物件があるかもしれないから奥まで見て回ろうか。

道の突き当たりまで進むと、桃色のぼんぼりを灯している店を見つけた。夕焼けのオレンジ色の光にぼんやり溶けていくようで、目を奪われる。看板には『コハク妖菓子店』と書いてあった。

店の外観は古いけれど丁寧に磨かれているようで、ホコリのつもっているようなほかの店舗とは雰囲気が違う。装飾のある木の扉とぼんぼりは中華風、全体的な作りは和風なので、多国籍な印象を受ける店だ。『妖菓子店』という店名も奇妙だし、定休日が『新月と満月の日』というのも謎めいている。

変わった外観の建築物は好きなので、入ってみたい欲求がむくむくと湧いてきた。だいたいこういう店にはこだわりのある店主がいるんだよな、と考えつつ扉を開ける。ヒゲで丸眼鏡の、ちょっとヒッピー系の……とまだ見ぬ店主の姿を思い浮かべて足を踏み入れると、

「いらっしゃいませ」

「わっ」

涼やかな声が扉のすぐ近くから聞こえて飛び上がった。

「ああ、すみません。驚かせてしまいましたか」

そう詫びて微笑むのは、思わず瞬きをしてしまうような美青年だ。サラサラの金髪と暗い色の袴が、意外にしっくりなじんでいる。

「人間のお客様の気配がしたので、たまにはちゃんと迎え入れようと思ったのですが……。そんなに驚かれるなら改善の余地ありですね」

「は、はあ」

芝居がかったセリフに生返事をする。外見は予想外だが、こだわりのある変わり者の店主というのは間違いないようだ。

「私は店主の孤月と申します。ごゆっくりご覧くださいませ」

そう一礼して、孤月さんは店の奥にあるカウンターに移動した。

あれだけイケメンだったら、こんな流行らない商店街に店を構えていてもやっていけるんだな。きっと悩みも少ないのだろう。うらやましい。

呼吸が落ち着いたので、改めて店内を見回してみる。ランプのほのかな灯りに照らされた腰の高さほどの棚には菓子類が置かれている。練り切りや羊羹《ようかん》といったあんこの和菓子もあれば、紐付き飴やキャラメルなどのレトロな菓子もある。無秩序に見えるのに調和がとれているのが不思議だ。もしかしたら、商品の前に置かれた札のせいかもしれない。

和紙に筆で書かれた商品名。それはどれも少し変わっていた。透明な器に入ったこんぺいとうには、『よくばりこんぺいとう』。ただの『こんぺいとう』にしないところがこだわりなのだろうか。どうして『よくばり』なのかは理解できないけれど。

「……あ」

どの商品にも興味を引かれる中、僕が立ち止まったのは和三盆《わさんぼん》の棚の前だ。箱に詰められた、花や動物をかたどったシンプルな菓子。札には『とうめい和三盆』と書いてあった。

透明人間になりたい、と願っていたのを見透かしているような商品名に驚く。

「あの。この和三盆ってどうして『とうめい』なんですか？」

カウンターにいる孤月さんにたずねてみる。

「和三盆って、口に入れるとすぐにすうっと溶けるじゃないですか。そんなふうに自分も消せたらいいのにって、思いませんか？」

細められた金色の目に、心の内側を見られたような気持ちになった。

「……こちら、いただきます」

少々不気味に感じても、この和三盆を食べてみたい欲求のほうが勝った。

「ありがとうございます。五百円です」

小さめの箱とはいえ、和三盆にしてはお安い。どうせ一日で食べきってしまうだろうと予想して、もうひと箱追加することにした。

「では、こちら商品です。用法・用量に気をつけてお召し上がりください」

和三盆が入ったセピア色の紙袋を鞄の中に押し込むと、僕は早足で商店街をあとにした。

＊　＊　＊

その後、場の雰囲気に吞まれて二箱も買ってしまった自分を責めた。どうせだったら違う菓子にすればよかったのに。

朝つまんでみてわかったが、和三盆は砂糖の味しかしないので、一度に何個も食べられるものではない。

まあ、日持ちはしそうだし、毎日ちょこちょこつまめばいいか……と考えて家を出る。支店に着く前に、常連になっているコンビニに寄った。いつもここで飲み物と昼食を買うのだ。

コーヒーとスポーツドリンク、焼き肉弁当を持ってレジの前に立つ。しかし、無人のレジカウンターには、いつまでたっても店員が来ない。すぐ隣の棚で作業している店員に「あの～」と声をかけたら、「あれっ」と目を丸くされた。

「すみません、気づかなくて！　すぐにお会計します」

学生らしい若さの男性店員は、ぺこぺこと頭を下げながらカウンターに入る。

まあ、よくあることだと気にせず店を出ようとしたのだが、会計をしてくれた店員が店長らしき年配の男性に叱られているのが聞こえてきた。

「おい。目の前にお客様が立っているのになんで気づかなかったんだ」

「それが……。レジのほうは注意して見ていたんですけど、なぜだか目に入らなかったんです」

「はあ？　そんなことあるわけないだろ」

自動ドアの前でこっそり振り返ると、若い店員は不思議そうに首をかしげていた。


その日は職場でも奇妙なことが続いた。

上司に『あれ？　小熊はどこだ？』と同じ部屋にいるのに捜されたり、お客様に名刺を出しても無反応だったり。極めつけは、休憩室で後輩に『お疲れ』と声をかけたら、『えっ、小熊先輩、どこから来たんですか？』と驚かれたことだ。後輩が来る前からここにいたのに。

最初は信じられなかったけれど、ここまで続いたらさすがにわかる。もしかしたら自分が、透明人間になっているのではないかって。

いや、姿は見えているのだからその表現は適切ではない。存在感が限りなく透明になっている、というのが近い気がする。やはり原因は、昨日買った『とうめい和三盆』だろう。

孤月という店主は、神社で僕の願いを聞いていた神様だったのかも。憐れな男のささやかな願いを叶えてくれようとしたのだろう。それなら、あの不思議な店にも、現実味のない金髪イケメンにも説明がつく。

いくら身を縮めて生活していても、目立ってしまうこの容姿。それを気にしなくてもいい日が来るなんて夢みたいだ。

僕は毎日、和三盆を食べてから出勤するようになった。こうなると、二箱買っておいた自分を褒めてあげたくなる。一日ひとつずつ食べても、一ヶ月はもつだろう。なくなったら、またあの神社にお参りすればいい。

自分の容姿にも名前にもお客様が反応しないので、接客はだいぶやりやすくなった。今まであんなに苦戦していた押しの強い接客もできるようになる。こんなに簡単なことだったんだ。なにを言っても笑われないとわかっていれば、相手に対して強気にもなれる。

憂鬱だった毎日が楽しくなり、仕事に行く足取りも弾んできた数日後。いつものように窓口に立つと、意外な相手と再会した。

名刺を見せて名前を確認したとたん、彼女は僕をじっと見て声をあげた。

「あれっ。小熊くん？」

「もしかして……高田《たかだ》さん？」

「うん、そう！　いや〜、こんなところで会うなんてびっくり。小熊くん、不動産会社に就職したんだね」

大きな口を開けて笑うのは、中学時代『ゆるキャラじゃん』というセリフを吐いたトラウマの相手だ。できれば気づいてほしくなかったけれど、名前まで透明にはならないから仕方ない。

彼女も十年分大人になっていたけれど、ひとつにまとめられた明るい茶髪も、スポーティーな服装も、中学時代の彼女のイメージそのままだ。

「ええと今日は……新居のアパートをお探しで？」

「うん、そう。実は今度結婚することになって〜。あ、こっちが旦那ね」

彼女の隣に座った男性もぺこりと頭を下げ、高田さんは恥ずかしそうにはにかんだ。

「あっ……婚約者の方ですか。おめでとうございます」

僕は内心『えっ』と戸惑いながら、お祝いの言葉を述べる。同行の男性のことを、てっきり兄弟かなにかだと思っていたからだった。

だって彼は、小柄で小太り、優しげな顔立ちに眼鏡をかけた――僕と同じようなタイプの容姿だったからだ。

僕のことを、『ないない！　だってあいつ、男っていうか、ゆるキャラじゃん！』と否定していた彼女が、この男性と結婚……？　なにかの間違いじゃないだろうか。

でも目の前のふたりは、顔を寄せてアパートの間取り図を吟味《ぎんみ》している。ときどき意見を交わして微笑み合う姿は、結婚前の幸せなカップルそのものだ。

彼女の好みが変わったのかも、なんて都合のいいことは考えない。きっと、外見を中身で補って余りあるくらい、彼がいい人なのだろう。

「でも小熊くん、なんか変わったね。名刺を見るまで気づかなかったよ」

「え、そうかな？」

「うん。なんだろうね、よく見たら外見は全然変わってないんだけど……。印象が薄くなったっていうか……。あ、ごめん」

彼女のほうは、失礼なことをはっきり口にしてしまうデリカシーのないところが変わっていない。そんな奔放《ほんぽう》さが、中学時代は魅力的に見えていたのだが。

そのまま、僕たちはいくつかの物件を内見することになった。社用車にふたりを乗せて、新婚夫婦にふさわしい、小綺麗で部屋数の多いアパートを見て回る。

婚約者の彼は仕事を抜けてきたらしく、途中で「あとはよろしくお願いします」と丁寧に頼んで帰っていった。車で職場まで送ると申し出たのだけど、ここから近いから徒歩で大丈夫だと断られた。

「高田さん。候補の中でまだ見ていない物件があるけれど、彼がいなくても大丈夫?」

僕はバインダーに挟んだ間取り図をチェックしながらたずねる。彼女とふたりきりになったけれど、いつものように緊張したりはしない。

「うん。私が気に入ったところがあれば決めていいって言われてる」

「そう……。優しい人なんだね」

妻が主導で物件を決める夫婦は多いけれど、内見まで任せるなんてよっぽど彼女の意見を尊重しているんだなと思った。

「……あのさ。中学のときのことなんだけど」

説明しながら浴室や個室を案内していると、彼女が遠慮がちに切り出した。

昔の光景がよみがえって、心臓がばくんと嫌な音をたてる。机に直接腰かけながら、セーラー服から伸びた足をぶらぶらさせ、僕を笑っていた彼女。

「私が放課後……ひどいことを言ったの、小熊くんに聞こえていたよね？」

やっぱり、その話題か。やめてくれ、これ以上傷口を広げないでくれと心の中で懇願《こんがん》するけれど、彼女の口は止まらない。

「私さ、実は……」

「あっ、いいよいいよ。もう気にしていないから。それより、盗み聞きがバレていたなんて、恥ずかしいな～」

僕は自分から、彼女のセリフを遮って頭をかいた。こうして先に笑い話にしてしまえば楽だということを、経験上知っている。

「う、うん……。あのときはごめん……」

高田さんはまだなにか言いたそうにしていたけれど、また蒸し返す空気にならないよう、僕は笑顔を作り接客に徹した。

「今日はありがとう。小熊くんのおかげでいい新居が見つかったよ」

結局、最後に内見した物件を気に入り、高田さんは仮契約をして帰っていった。

彼女の話は最後まで聞けなかったけれど、謝ってもらったことで自分の中のトラウマが少しだけ昇華されていた。なにより、僕が盗み聞きをしていたのを彼女が知っていて、それをずっと気に病んでいたという事実が、嫌な記憶を上書きしてくれるような気がした。

だからといって、手に入った万能アイテムを捨てる気にはならなかった。だって、今のほうがずっと楽だから。自分のことが見えていないなら、周りに気を遣う必要だってない。

太っている分髪型やヒゲのそり残しには人一倍気を遣って、少しでもお客様に不快感を与えないようにしていた。夏場の汗対策だって、制汗剤を使ったり、替えの肌着やシャツはロッカーに常備したりしていた。歩き方だってどすどす音をたてないようにして、だれかとすれ違うときは身体を小さくして。僕に触れられるのなんて不快だろうから、うっかり女性社員にスキンシップしないよう注意していた。

今はそんなもの全部捨てた。他人の顔色をうかがわなくてもいい生活って、なんて素晴らしいんだろう。

そういった理由で、僕は和三盆を毎日食べ続けていた。

「長い間、エリア内トップを走り続けていたうちの支店だが、今月に入ってから契約数が減り、数字が落ちている」

月末恒例の社員ミーティング。支店長が重々しい表情で発表するのを、僕は他人事のように聞いていた。

僕自身の営業成績は落ちていなかったし、自分に自信を持った接客ができるようになったから、窓口業務の契約数は伸びている。

だれか特定の社員が不調というわけでもないし、そういう巡りの悪い月もあるだろうと軽く考えていた。

だから——。ミーティングのあと支店長に呼び出されたときは、褒めてもらえるのではないかと期待していた。

「小熊、そこに座れ」

なのにどうして、支店長はこんなに硬い表情をしているのだろう。

「は、はい……」

休憩室の長机。向かい合うように腰を下ろしたが、支店長は組んだ手に顎を乗せた体勢のまま動かない。ふたりきりの小部屋に、息苦しくなるような重たい沈黙が充満する。

そして、ポマードで固めたオールバックの髪をがしがしかいて、支店長が大きなため息を吐き出した。

他人を気にしないようになったとは言っても、こういうときは反射的にびくっと身をすくませてしまう。気の弱い生来の性格は、一ヶ月足らずでは変えられない。

「お前、最近接客の仕方が変わったな？」

しかし、飛んできた質問が予想通りのものだったので、僕はホッとする。

「はい。支店長に言われた通り、自分に自信を持った押しの強い接客を……」

用意していた言葉を意気揚々と告げると、途中で支店長が首を大きく横に振った。

「違うんだ、小熊。自信を持てとは言ったが、俺が伝えたかったのはそういうことじゃない」

「え――？」

困惑して、返す言葉に詰まる。

「俺の言葉が足りなかったんだな……。俺は小熊に、今のようになってほしかったわけじゃないんだ」

「どういう……意味ですか？」

支店長は僕に「姿勢を楽にしろ。少し長い話になるからな」と告げたあと、静かな口調で語り始めた。

そこで僕は信じられない事実を知った。僕の押しの強くない接客は、女性や控えめなお客様には好評だったということ。支店長はそれを知っていて、僕にそういったお客様を回すようにしていたこと。

そして、最近僕の接客スタイルが変わったせいで、今までのようなお客様の契約が取れなくなり、結果支店の数字が落ちていること——。

「ほかのやつではダメなお客様を、お前に任せていたんだ。うちの支店の営業成績がよかったのは、普通だったら取りこぼしてしまうお客様の契約をお前が取ってくれていたからなんだ。小熊が、お客様の心に寄り添った接客をしてくれていたからだよ」

僕の目をじっと見て、言い聞かせるように支店長が告げる。

「知らなかったです……」

理解が追いつかなくて、震える声でそうつぶやくしかできなかった。

でも、そういえば。見た目がヤンキー風の怖そうなお客様は、僕に回ってくることは少なかった。いつもイケメンの後輩が担当してくれていたのだ。

支店長はちゃんと、僕たちの個性に合わせて仕事を割り振ってくれていたんだ。

「自信を持った接客ができるようになったのはいいが、なにか大切なことを忘れていないか？」

　僕の胸の内を見透かすような、支店長の眼差し。

　自分が以前どういう接客をしていたか、思い出してみた。

　今までは、お客様の顔色をうかがいながら一生懸命説明し、どの説明が足りないのか、この人にはどんな判断材料が必要なのか、必死で考えていた。お客様がじっくり悩みたそうなときは、口を挟まず見守るようにしていた。

　それはどれも、お客様の様子をよく観察しなければできないことだった。それが、自分では気づかないうちに、"お客様の心に寄り添った接客"になっていたんだ。

　でも、最近はどうだろう。自分に注目されないのをいいことに、ひとりよがりの接客をしていなかっただろうか。少なくとも、お客様の気持ちを考えるなんてしていなかった。すすめた物件を契約してもらえたら、その過程がどうであれ満足してしまっていた。

「お前は自分の容姿を気にしているがな、攻撃性がなく、優しそうに見える外見はこの業界ではむしろ武器なんだぞ。俺はそういう意味で自信を持ってほしかった。お前のよさをなくすのではなくてな」

「あ……」

最初から支店長は、『お前は接客に向いている』と言ってくれていたではないか。その言葉を真摯に受け止めなかったのは、僕だ。ひねくれた考え方しかできず、頑なにマイナスの面しか見ていなかった。

自分の容姿を一番気にしていたのは、ほかでもない自分だったんだ。

「少なくとも俺は、お前の容姿を悪いと思ったことはない。それはこの支店の仲間だって同じだと思うぞ。俺は女性社員によく、支店長も小熊さんみたいに優しかったらいいのに、って愚痴られているんだからな」

強面の支店長はそう言って苦笑した。

「小熊さん」

支店長のあとに続いて休憩室から出たところで、女性社員の風間《かざま》さんに声をかけられた。僕よりひとつ下の二十四歳で、明るくていつもにこにこしているので、支店のムードメーカー的な存在の人だ。

それにしても彼女、廊下をうろうろして待ち構えていたように見えたけど、気のせいだろうか。

「風間さん。なにか用?」

「その——支店長に呼び出されたって聞いて。大丈夫でしたか？」

支店長が別の部屋に入るのを見届けてから、彼女は小声でささやいた。

「ああ、うん。お説教はされたけれど……、なんだか支店長のおかげですっきりした気持ちだよ」

「すっきり？」

彼女は首をかしげたけれど、僕がそれ以上説明しないとわかると、手をもじもじと組み始めた。どうしたのだろう。

「えっと、心配して声をかけてくれたの？」

「あ、はい。あっでも、それだけじゃなくて……」

ちらちらと僕の顔を見て、口ごもる彼女。こういうときに察しが悪いと申し訳ない。

やがて風間さんは覚悟を決めたように顔に力を込めると、口を開いた。

「あの、よかったら今日、ふたりで飲みにいきませんか。ちょっと、相談したいことがあって……」

「えっ。相談って、僕なんかでいいの？」

生まれてこの方、女性から飲みに誘われた経験なんてないので、驚いてしまった。

しかも風間さんは、よく僕のほうを見ながらほかの社員と話をしていたので、てっきり嫌われて陰口を言われていると思っていた。

「小熊さんがいいんです」

風間さんは両手に握りこぶしを作って、こくこくとうなずく。

僕じゃないとダメな相談ってなんだろう。少なくとも、恋愛関係ではなさそうだ。

かといって退職や転職を相談されても、うまく引きとめられる自信がない。

しかし彼女は、僕に信頼した目を向けている。ここは断らないほうがいいだろう。

「う、うん、わかった。お店、考えておくね」

「ありがとうございます」

その後相談したところ、ふたりともお酒が飲めないとわかったので、居酒屋ではなくイタリアンレストランで食事をすることになった。

「驚いたよ。僕、女性に食事に誘われたの、初めてだから」

前菜も食べ終わり、メインのパスタが来て緊張も解けたころ、そう正直に打ち明けてみた。風間さんはジェノベーゼパスタを口に運ぶ手を止めて、目を丸くしている。

「え、そうなんですか？　でも小熊さん、優しいからモテそうなのに」

「ええっ。そ、そんな、全然だよ。中学のときなんて、『こんなゆるキャラ、男に見えない』って言われたくらいなんだから」

笑い話にできるようになったトラウマを話すと、風間さんは眉間にぎゅっと皺を寄せて難しい顔になった。

「……それ言ったのって、女子ですよね？」

「うん。同じクラスの」

「それって、照れ隠しだったんじゃないですか？　本当は小熊さんが好きだったとか」

僕は驚いて、フォークをパスタ皿に盛大に落としてしまった。カツーンという硬質な音がふたりの間に響く。

「いや、ないない！　本当に、そんな感じじゃなかったし」

変な汗をかいてしまい、コップの水を一気に飲む。そうしたら動揺のせいでむせてしまい、風間さんに「大丈夫ですか!?」と心配された。

全然スマートにいかないし、我ながら情けない。でも、これが僕なんだ。自分を大きく見せるんじゃなくて、ありのままの自分の中から、いいところを見つけていけばいいんじゃないか。支店長が言いたかったのも、そういうことだと思う。

「実は風間さんにも、嫌われてると思い込んでいたから、誘ってもらえてよかったかも」

「えっ、私がですか？」

風間さんは自分を指さして目を丸くしたあと、「……もしかして」とおそるおそる切り出した。

「私が女性社員の先輩とよく小熊さんの話をしていたの、バレていました？」

「あっ、うん……。よくこっちを見て話しているなとは思ってたけど」

うなずくと、風間さんは「あぁ～……」と頭を抱えた。

「それで誤解されちゃったんですね、すみません……。違うんです、あれは悪口とかそういうんじゃなくて、先輩に小熊さんのこと、『今日もくまさんみたいでかわいい』とか、『今日がんばって話しかけてみたんです』とか、そういう会話をしていて……」

「……えっ？」

僕がぽかんとして聞き返すと、風間さんは照れたようにうつむく。

「その、私、小熊さんのことずっと気になっていて……。今日も相談があるっていうのは口実で……」

なんと彼女、入社したときからずっと僕に好意を寄せてくれていたらしいのだ。風間さんはかわいいし、ムードメーカーになるくらい性格もいいので、てっきり恋人がいるのだと思っていたのだけれど。

もっとイケメンじゃなくていいのかとたずねてみると、

「私、見た目が優しそうな人が好きなんです。痩せているよりはふっくらしていたほうが、包容力がありそうですし」

という答えが返ってきた。だからさっき、高田さんの発言を照れ隠しだなんてとらえたのか。この容姿を好ましく感じる女性もいるだなんて、今日はいろんなことが起こりすぎて頭がうまく回らない。

でも、まっすぐに気持ちを打ち明けてくれた彼女には、誠実な言葉を返したい。

「実は僕、今まで自分の容姿が嫌いで……。そのせいで女性にも恋愛にも苦手意識があるんだ。だからその、友達から始めてもらってもいいかな……？」

心臓が飛び出しそうなくらいドキドキしている。こんなセリフを吐くことがあるだなんて、昨日までは想像もしていなかった。

自分の人生は、ずっとだれかの添え物だと思っていた。そうじゃないと教えてくれたのは、支店長と風間さんだ。

風間さんは頬を染めて、「よろこんで」と微笑んだ。

その日の夜、僕は残っていた和三盆の箱を捨てた。もう自分には必要ないとわかったからだ。

透明になったことで、自分が透明人間じゃないと気づいたなんて、皮肉なおとぎ話みたいだ。

「孤月さんは本当に、神様だったのかな……」

そしてあの店は、本当にあの場所にあったのだろうか。

でも、もう一度あの神社に行ってみようとは思わなかった。わからないままのほうが幸せなことだって、世の中にはあるのだ。

＊　＊　＊

二階建てアパートの塀の上、ベランダが覗き込める位置に、月に照らされた袴姿のシルエットがひとつ。

狐耳としっぽを揺らしながら、孤月は興味深そうにつぶやいた。

「女性というのは鋭いですね。小熊さんは気づいていませんでしたが、風間さんの予想通り、実は高田さんと両思いだったんですよね。学生のときは照れ隠しであぁ言ってしまったみたいです」

金色の目が細められ、口元が弧を描く。

「再会したとき、話を最後まで聞いていれば、今とは違う運命があったかもしれませんね。でもまあ、お互い今が幸せなら、きっとこれでいいのでしょう」

手を伸ばし、指をくいっと曲げると、小熊が捨てたはずの和三盆が孤月の目の前に現れた。桜の花をかたどったそれに息を吹きかけると、砂糖菓子は透き通った琥珀に閉じ込められる。

「今回も興味深いサンプルがとれました。それにしても私を神様とは、人間はおかしなことを考えるものですね」

カーテンの向こうで、丸っこい人影が動く。ひとつの部屋の灯りが消えたのを見届けてから、孤月は姿を消した。

第三話

かくせない栗最中

私の好きなもの。猫、写真、恋愛ドラマ、ミルクティー。甘いものはなんでも好きで、特にフルーツサンドが大好物。パンに果物なんて、って否定する人もいるけれど、あの塩気とのバランスがいいのにな。

でもこんなこと、友達に話したことはない。猫の中では特に白黒ハチワレが好きだとか、カメラはトイカメラが好きだとか。

ミルクティーが好きなことは話しても、どこのメーカーの、なんていう茶葉で淹れるのがお気に入り、だなんてことは言わない。だってそんな話、みんな興味ないんじゃないかな。

人気のドラマの話は盛り上がるけれど、海外のマイナードラマの話を振ると、みんなが困ったような顔をするのと同じ。

ときどき、どこまでが軽い話題で、どこからが深い話になるのかわからないことがある。そんなときは決まって、黙ってしまう。聞き役にまわってうなずいているほうが楽だ。

大学で仲良くしている友達にはよく、『また妄想の世界に入ってる』とか『ぼうっとしてる』とツッコまれる。そうじゃなくて、言葉が出ないだけなのに。本当は、流されないで自分の意見を言ってみたい。深い本音だって打ち明けてみたい。でも、友達もそれを望んでいるのかわからないから、『優衣《ゆい》はおとなしいよね』って言葉にあいまいに笑うしかできない。


大学の一限目。講堂に行くと、友達が遠くから手を振っているのが見えた。

「優衣～！　こっちこっち！」

席をとってくれた友達に「おはよう」と合流すると、ふたり分の挨拶が返ってくる。

「おはよう、優衣。あ、今日のボーダーカットソーにフレアスカートの組み合わせ、かわいいじゃん！」

栗色の髪をゆるく巻いているのは、華やかな美人で、オシャレなサヤちゃん。

「おはよ。今日は忘れ物、ない？」

黒髪ショートでボーイッシュな格好をしているのは、クールビューティーの玲央《れお》ちゃん。

ふたりに比べると自分は平凡で、『ザ・普通の大学生』という感じ。同じ年齢なのに、自分に似合う服装やメイクを見つけているふたりがうらやましく思える。私はメイクも大学生になってから始めたので、まだまだ試行錯誤だし、毎日私服登校なことにも慣れなくて、コーディネートがワンパターンだ。雑誌に載っているコーディネートがポンと出てくる魔法があればいいのに。

見た目も性格も全然違う私たちだが、なぜか気が合って入学してすぐ仲良くなった。サヤちゃんは物事をはっきり言う性格で、ちょっと毒舌。玲央ちゃんは自分のことをあまり話さないけれど、聞き上手。私はボケ役で、ふたりにからかわれるのが定番。

私たちはうまくいっていた。最近まで——夏休み前のこの時期になるまでは。入学して三ヶ月と少し。大学の自由なシステムや講義にも慣れ、人間関係も定まってきたころ、サヤちゃんに彼氏ができた。入っているテニスサークルの先輩だそうだ。それ自体はとても喜ばしいことなのだけど、サヤちゃんはだんだん変わってしまった。毎日、彼氏の自慢ばかりをしてくるのだ。

最初は、『彼氏のことがよっぽど好きなんだなあ』と、ほっこりした気持ちで話を聞いていた。付き合って一ヶ月記念日にサプライズしてくれたとか、デートで話題の店に連れていってくれたとか。

　でもその自慢に、違うニュアンスがまじり始めたのは、いつからだっただろう。

『優衣はもっと垢抜けないと彼氏を作るのは難しいよね。玲央も、もっと男ウケいい格好しないとダメだよ』

『サークルで仲がいい子は同学年と付き合っているんだけど、やっぱり年上のほうがいいよね。一年生なんてまだ車もお金も全然持ってないし、対象外って感じ』

など、周りを見下すような一言が添えられるようになったのだ。

　彼氏ができないよ、と言われたときにはなんだか胸がモヤモヤした。特に今彼氏の必要性は感じていないのに、『彼氏は絶対に欲しいもの』だと決めつけられたのも嫌だった。

　そんなとき、女同士のマウントをテーマにしたドラマを見たのだ。自慢して、遠回しに相手を下げるセリフを聞いて、『サヤちゃんの言葉もこれだったのかも』と目からウロコが落ちた。そのときは『そうだね』と笑って流したのに、あとからモヤモヤが大きくなったのもそのせいだったんだって。

　でも、私はサヤちゃんに『それはマウントだからやめてほしい』とか『彼氏の話は聞きたくない』と告げることができない。そんなことを言ったら、今の三人の関係が壊れてしまう気がする。

普段あまり意見を主張しない私が思いきったことをしたら、『こんな子だと思わなかった』って、ふたりに嫌われてしまうんじゃないかな。私がもとからはっきりした性格だったら、また違ったのだろうか。

玲央ちゃんに相談できたらまだ気持ちが軽くなったのかもしれないけれど、サヤちゃんの自慢話になると黙り込んでスルーしている玲央ちゃんが、本当はどう思っているかなんてわからない。

サヤちゃんがどうして自慢話ばかりするのかも、玲央ちゃんの本心もわからなくて、ここのところずっと、ひとりでぐるぐると悩んでいる。

大学に入って最初にできた友達。自分にはないものを持っているふたりを私は尊敬しているし、大切に思っている。大好きだから本音で話せる親友になりたいと思っているのに、全然うまくいかない。ふたりが私のことを同じように『大切な友人』だと思っているのかさえ、自信がないのだ。


一日の講義が終わったあと、ふたりからのおしゃべりの誘いを断って、私は大学近くの神社に来ていた。古びた小さな神社だけど、野良猫が住み着いているという話を聞いたのだ。

猫好きカメラ女子としては、写真を撮らないわけにはいかない。ついでに、ちょっとでもなでさせてもらえればうれしいのだけど。

石造りの階段を上って鳥居をくぐり、神社の本殿前まで進む。猫を探してしばらくきょろきょろしていたら、本殿の軒下から黒猫がのっそり出てきた。

「わあ、かわいい！」

目が黄色でくりくりした黒猫は、「にゃーん」と甘えた声を出しながらすり寄ってくる。思わず、カメラを忘れてなでるのに夢中になってしまった。

「あ、いけない。写真撮らなきゃ」

黒猫は普通に撮ると顔が真っ黒に写って表情がわからない。だから、自然光の当たるところで明るさを上げて撮るのがコツ。今は夕方だから明るくするのは難しいけれど、オレンジ色の空のおかげで雰囲気のある画が撮れそう。

「猫ちゃーん、こっち向いて！」

チッチッ、と舌を鳴らしてみるけれど、なでられるのに飽きた黒猫はぷいっとそっぽを向いてしまう。そしてちらっと私を振り返ったあと、境内の奥へと走っていく。

「あっ、待って」

黒猫のあとを追っていくと、ぽっかり拓けた不思議な空間に出た。神社をぐるっと囲んでいる背の高い木々も、なぜかそこだけ途切れている。

「なんだろう、ここ……」

ほんの好奇心で近づくと、神社の敷地内から延びるまっすぐな道と、その両側に並んだ古びた建物が見えた。

「え……っ？」

それはどう見ても商店街だった。入学してからの数ヶ月で大学周りの地理は知り尽くしたと思っていたけれど、こんなところに商店街があるなんて聞いたことがない。

「猫、こっちに行っちゃったのかな……」

一本道にまったく人影はなく、しんと静かだ。もしかしたらシャッター商店街なのかもしれないけれど、レトロな建物を背景に猫の写真を撮るのもおもしろそう。

「……行ってみよう」

もし素敵なお店を見つけたら、サヤちゃんと玲央ちゃんにも教えて三人で来ればいい。

新しく発見した景色にワクワクしながら、私はその商店街に足を踏み入れた。

しかし、『レトロで雰囲気のある通り！』とワクワクしていたのは最初だけで、ほとんどの店が閉まっている光景に不気味さを覚えてきた。

　気味が悪いのはそれだけじゃなくて、日本語じゃない看板がかかっていたり、なにを売っているのかよくわからない店があるからだ。街灯がなくて、赤と白の提灯が下がっているのも、不気味さを増幅させている。

「……あ」

　そんな中で、私が目を留めたのは写真館だ。和風の建物ばかりのこの商店街の中では目立つ、古い洋館のような外装で、道に面したショーウインドウにセピア色の写真がいくつも飾られている。おそらく、昔の写真を展示しているのだろう。

「どれどれ……」

　近くに寄って見てみると、おかしなことに気づいた。写真に写っている人たちがみんな仮装をしているのだ。狐や猫の耳がついていたり、河童《かっぱ》の着ぐるみを着たり。服装もみんな着物や袴だ。昔の日本にはハロウィンなんて広まっていなかったはずだし、なんのイベントの写真なのだろう。

　直接店主に訊いてみたかったけれど、お店の扉は少しも動かなかった。

　黒猫を捜して来たのに、どこにもいない。素敵なお店も見つからないまま、道の突き当たりまで来てしまった。

でもそれがラッキーだったのかもしれない。『コハク妖菓子店』という看板のかかった、素敵なお店を見つけられたから。

「あ……。このお店、好きかも」

和風にちょっと中華がまじったような扉のデザインとか、桃色のぼんぼりとか、店主のセンスが外観から見てとれる。定休日が新月と満月の日というのもいい。こういう個性的なコンセプトのお店は大好きだ。

明かりが漏れているから、営業しているみたいだ。ワクワクしながら扉を開けると、

「いらっしゃいませ」

という涼やかな声とともに、店の奥からびっくりするようなイケメンが出てきた。

サラサラの金髪に、金色の瞳。暗い色の袴。一見奇抜なファッションなのに、不思議とこの店の雰囲気に合っている。金色の瞳の人なんて初めて見たけれど、カラコンなのだろうか。でも、金髪は根元までキレイで、染めているように見えない。

「あ、こんにちは」

お店の人が若かったことと、並んでいるお菓子が素朴な和菓子やレトロな駄菓子だったことにホッとする。これなら、私でも普通に買える。入ってしまったあとに

後悔しても遅いのだけど、小娘には手が出ないような高級菓子店だったらどうしようと思ったのだ。

「私は店主の孤月です。ごゆっくりご覧ください」

なぜか少し距離をとったまま、孤月さんが丁寧に頭を下げる。

「あ、はい……」

イケメンの店主さんも気になるけれど、すぐに並んだお菓子に目移りしていた。大福、羊羹、おまんじゅう……。どれもおいしそう。甘いものって、見た瞬間に『そういえば今食べたかったかも』と感じるのはどうしてだろう。それまで考えてもいなかったのに、急に身体が糖分を欲してくるのだ。

この店のお菓子たちには不思議な商品名がついていた。『よくばりこんぺいとう』『とうめい和三盆』など、普通ならつけないようなネーミングなのだ。意味はよくわからないけれど、ちょっとファンタジックなところがこの店と合っている。なんせ『妖菓子店』だし。

そのネーミングも素敵で、ひとつひとつじっくり吟味していたのだが、思わず手に取ってしまった和菓子があった。商品札に書いてある名前は『かくせない栗最中《くりもなか》』。

「……なんで、〝かくせない〟なんだろう？」

「栗は最中に隠せますけれど、隠さないほうがいいこともありますよね」

つぶやいた瞬間、遠くから声が飛んできてびくっと肩が跳ねる。

自分の独り言が聞かれていたのも恥ずかしいのだけど、孤月さんはさっきよりも私と距離をとっている。

離れたところから接客されることに疑問とモヤモヤを感じ、おそるおそるたずねてみる。

「あの……。な、なんでそんな遠いんですか……？」

もしかして、私が汗臭かったのだろうか、と腕の匂いをかいでしまう。大丈夫、ちゃんとデオドラントの石けんの香りがする。

「以前近くから声をかけたら、お客様を驚かせてしまったことがあったので……。次は距離をとって話しかけようと決めていたんです。おかしいですか？」

孤月さんは小首をかしげる。自分がおかしなことをしているという自覚がないみたいだ。

「あんまり距離があっても……ちょっとびっくりします。遠くから見られているのも、独り言を聞かれているのも……」

「そうですか……。人間の距離感は難しいですね」

限度というか、適度というか、そういうのがわからない人なのだろうか。友達との距離感で悩んでいる私には、その思いきりのよさがちょっとうらやましくもあるけれど。

でも、栗を最中に隠しているのに『かくせない栗最中』だなんておもしろい。

「これ、いただきます」

みっつセットになっている箱をレジに持っていくと、孤月さんはレトロな手打ちレジでお会計をして、セピア色の紙袋に入れてくれた。

「ありがとうございます。用法・用量に気をつけてお召し上がりください」

＊＊＊

あのあと結局、黒猫は見つからなかった。そしてうっかり、商店街の写真も撮り忘れていた。私はなんのために神社に行ったのだろうか……。収穫はおいしそうな栗最中だけだ。

朝食のかわりにひとつ食べたのだが、最中の皮はサクサクで、栗も大ぶりで、予想以上においしかった。中に入っていたあんこが、白あんや栗あんではなくオーソドックスな粒あんだったこともうれしい。

　ひとり暮らしのアパートを出て大学に向かうと、校門のところでサヤちゃんに会った。

「優衣、おはよ！」

「おはよう、サヤちゃん」

　合流して、一緒に講堂まで歩く。

「ふー、今日あっついねえ」

　そうこぼして額の汗をぬぐうサヤちゃんは、なんだかいつにもましてキレイだ。お肌はつやつやしているし、アイシャドウとリップの色もいつもより大人っぽい。そして服装も、珍しくノースリーブで肩を出している。いつも『冷房で冷えるのに肩なんて出せない！』って主張しているのに。

　露出の多いトップスと引き算で、ボトムスはアシンメトリーのロングスカートでバランスをとっているのが素敵だ。私だったらこんなコーディネートは思いつかないし、できない。

　こんなに気合いが入っているということは、今日はデートの日なのだろうか。そんなふうに考えていたら、うっかり口に出していた。

「サヤちゃん、今日のメイクとお洋服かわいいね。大人っぽくて素敵。今日はデートなの？」

私の言葉を聞いたサヤちゃんは目を丸くする。

「えっ。優衣がそんなこと言ってくれるの珍しいね。いつもメイク変えたって気づかないのに」

「う、うん……」

気づいていないわけじゃなくて、気づいても言えなかっただけだったんだけど……。私なんかがオシャレなサヤちゃんのファッションやメイクにコメントしていいのかなって躊躇《ちゅうちょ》していたんだ。

「あ、でも大丈夫？　肩出していたら授業のとき寒くないかな？」

今度も、考えていたことがするっと口から出てくる。いつもだったら気持ちを言葉にするのにワンテンポ以上時間がかかるのに。

「うん、冷房対策に薄手のカーディガン持ってきてあるから」

サヤちゃんはバッグの中からオフホワイトのカーデを出して見せてくる。

「そっか、よかった」

ホッと息をつくと、サヤちゃんは私の腕に自分の両腕を絡めてきた。

「そんなことまで気づいてくれてありがと！　今日ちょっと大人っぽくしたから不安だったんだけど、優衣に褒められたから自信ついた」

「えっ。私に褒められて自信がつくものなの？」

今度は私が目を丸くする番だ。だって、いつもサヤちゃんに『素朴すぎるっていうか、いまいち垢抜けない』と評されている。

「当たり前じゃん！　彼氏より女友達のジャッジのほうが厳しいんだから！　男なんて細かいところ見てないんだよ。メイクだって、濃いか薄いかしかわかんないんだから」

そうぷりぷりと文句をつけつつも、デートにオシャレしてくるサヤちゃんはかわいい。細かいところに気づいてもらえなくても、一番かわいい自分を見せたいのだろう。彼氏がいなくたって、そういう感覚はわかる。

「ね、新しいアイシャドウとリップ、ケバくないかな？　なんか、思ったよりもメイク濃くなっちゃって……」

「色味はいつもより暗めだけどサヤちゃんに似合っていると思う。私は好きだよ」

「やった。これで彼氏にケバいって言われても、友達には褒められたからいいの！　って言ってやれる」

サヤちゃんは本当にうれしそうに、私にくっつきながらはしゃいでいた。

なんだか、すっと胸のつかえが取れた気分だ。気持ちのいい風が身体の中を通り抜けていく。

素直に口に出してよかったんだ。自分なんか、って遠慮しないで褒めてよかったんだ。褒められて嫌な気分になる人なんていないんだから。

予想外のサヤちゃんの反応に驚きつつも、今度からはちゃんと言葉にして伝えようと決めた。


一限目で玲央ちゃんとも合流し、午前の講義を終えた。お昼は学内コンビニで買うときもあるけれど、今日は学食で食べることにした。

「うーん……。冷たいうどんとあったかいうどん、どっちにしよう……」

食券の列に並んでいると、決断の早い玲央ちゃんが珍しくメニューで迷っている。

「玲央ちゃん、今日はお腹の調子があんまりよくないんでしょ？　あったかいうどんのほうがいいんじゃないかな」

今度は、頭の中で考えるのと同時に声に出していた。

「あ、えっと、今のは……」

目を見開いてこちらを凝視している玲央ちゃんに、あわてて弁解しようとすると。

「……たしかに生理痛だったんだけど、よくわかったね」

そう、意外そうに告げられた。

「う、うん。授業中にこっそり飲んでたの鎮痛剤だったし、いつもより顔色も悪いから」

しどろもどろに説明していると、後ろに並んでいたサヤちゃんが私の肩をつかんでひょこっと顔を出した。

「優衣、そんな細かいところに気づくタイプじゃないでしょ。今日はどうしたの？」

「わかんない……」

本当に、私にもわからない。今日の私はどうしてしまったのだろう。口だけ別の生き物になったみたいだ。

うーんと眉間に皺を寄せる私に対し、玲央ちゃんは優しい笑みを浮かべている。

クールな彼女のこんな表情はレアで、ちょっとドキッとする。

「優衣の言う通りあったかいうどんにしておくよ。心配してくれてありがとう」

「うん……」

生返事をしながら、私は今朝食べた栗最中を思い出していた。

『栗は最中に隠せますけれど、隠さないほうがいいこともありますよね』という孤月さんの言葉と一緒に。

『かくせない栗最中』ってもしかして、食べると本音を隠せなくなる栗最中のことだったのでは？　あの栗最中を食べたせいで、今日の私はおかしくなっているんじゃ。

注文した料理を受け取ったあと、三人で同じテーブルに座る。サヤちゃんは、なんだかいつもより笑顔が多い気がする。玲央ちゃんの声も心なしか弾んでいる、ような。もしかして、私が変わったからなのだろうか。

――栗最中のせいだとしても、悪いことにはなっていない。むしろ、今日のほうがふたりとはうまくいっている。今まで『言わないほうがいいかも』と黙っていたことは全部、口に出したほうが喜ばれた。

なら、原因がなにであっても、このままにしておいていいのでは？　この状態がそんなに長く続くとは思えない。なんとなく、寝たらいつもの自分に戻っている気がする。

今日一日だけなら、違う人間になったと思って楽しめばいいじゃない。

そう決めたら急にお腹がすいてきて、私は日替わりランチに手をつけた。

放課後、私たち三人は大学内のカフェテリアにいた。あんなに楽しみにしていたのに、サヤちゃんはデートをキャンセルされてしまったのだ。

「せっかくオシャレして、メイクも気合い入れてきたのに……」

サヤちゃんはさっきから、イライラした口調で愚痴をこぼしている。

「いいじゃない、どうせ毎週デートしてるんだから」

玲央ちゃんはアイスティーを飲みながら涼しい顔で言い放った。しかし、それで機嫌を直すサヤちゃんではないのだ。

「でもさ、朝から楽しみにしてたのにひどくない？　そういえばこの前も……」

もう何度も聞かされている愚痴をイチから話し始めるサヤちゃん。いつもだったら私も玲央ちゃんも黙って話を聞いているだけなんだけど……。

「でもサヤちゃん、この前デートをドタキャンされたとき、埋め合わせでサプライズプレゼントもらったって言ってたじゃない。今回もきっと、彼氏さんなにか考えてくれてるよ」

今日は愚痴を遮ってまでサヤちゃんをなだめたので、ふたりが一瞬ぽかんとしていた。

「そっか、それもそうだね」

サヤちゃんがあっさり納得してくれたことにホッとするが、今度は彼氏の自慢が始まった。愚痴よりはマシだけど、これも何回も聞いている話なのでなんと相づちを打っていいかわからない。

「ふたりも早く彼氏作りなよ～」

そして、お決まりのこのセリフだ。玲央ちゃんは隣でため息をついていた。

そういえば、のろけ話のときはいつも、玲央ちゃんはうんざりした顔をしていなかっただろうか。ため息をついていたのも、今日だけじゃなかったかもしれない。

玲央ちゃんは本当は、サヤちゃんのこういった話をどう思っているのだろう。

「えっ」

玲央ちゃんが声をあげて、目を見開きながら隣の私に顔を向けた。

「……なにそれ。どういうこと？」

サヤちゃんは声を低くして、私と玲央ちゃんを交互に見ている。

また、無意識に頭の中を言葉にしていたみたいだ。よりによってこんなデリケートなことを。

「え、えっと、今のはそうじゃなくて……」

あわてて否定したが無駄だった。サヤちゃんは身を乗り出して玲央ちゃんに詰め寄っている。

「玲央、私の話、いつも嫌々聞いてたの？」

ハラハラとふたりを見守っていると、玲央ちゃんが静かにうなずいた。

「……そうだよ」

「なっ……」

そんな態度に驚いたのか、サヤちゃんは言葉を失っている。そのあと、じわじわとサヤちゃんの顔に怒りが浮かぶのがわかった。

どうしよう。私の余計な言葉のせいで、ふたりがケンカしそうになっている。

「ま、待って！　いったん落ち着こう！」

仲裁に入ると、ふたりにじっとりとした視線で見つめられた。

「もとはといえば、優衣のせいなんだけど？」

サヤちゃんは腕を組んで、片方の眉をひゅっと上げた。玲央ちゃんの表情も硬い。

当たり前だけど、これは相当怒っている。

「ご、ごめんなさい……。あっそうだ、私おいしい栗最中持ってきたんだった！　これでも食べない？」

朝、バッグの中に突っ込んだ栗最中を、箱ごとテーブルの上に出す。お腹がすいたらおやつにしようと思って持ってきたものだ。とりあえず話を変えるきっかけにはなってよかった。

「……ふたつしかないじゃん」

「わ、私は朝食べたから。ふたりにあげる」

笑顔を作って箱をサヤちゃんのほうに押し出すと、ふたりの間のピリピリした空気が少しだけやわらいだ。

「まあ、ちょうど甘いものが欲しかったから、もらうけど……」

「じゃあ、私も」

栗最中を手に取って食べ始めるふたり。「あ、おいしい」「あんこの甘さもちょうどいい」と評判も上々でホッとしたのだが……。

「ねえ、さっき栗最中って言ったよね？　栗入ってないいんだけど」

そう言って、サヤちゃんが首をかしげた。

「私のにも入ってない」

「あれ？　おかしいな……。私が朝食べたのには、ちゃんと入ってたんだけど」

ふたりの食べかけの最中の断面を見せてもらったら、本当に栗の存在がなかった。

私のには、あんなに大ぶりの栗が入っていて感動したのに。

「優衣、間違って普通の最中買ったんじゃない？」

「優衣ならありえるね」

「う、う～ん……？」

ひとつひとつ別売りなら私が間違えたと思うけれど、もとからみっつセットで箱に入っていたんだけどな。孤月さんが普通の最中と入れ間違えたのだろうか。

「……そういえば、さっきの話だけど」

栗最中を食べ終わり、アイスティーを一口飲んだ玲央ちゃんが口を開く。

「私、今は特に彼氏を必要としていないの。大学の講義は楽しいし、バイトしたり友達と遊んでいるほうが有意義だから。だからサヤから毎回彼氏の話を聞かされてうんざりしてた。彼氏を作れってけしかけられるのも」

そうひと息に語ったあと、玲央ちゃんは物憂げにまつげを伏せた。

「……こんな話、するつもりじゃなかったんだけどな」

「なによ。そんな言い方……！」

サヤちゃんは激昂してテーブルから身を乗り出した。私はあわててサヤちゃんの腕を引っ張る。

「さ、サヤちゃん。落ち着いて！」

もしかして、栗最中の効果が玲央ちゃんにも発動してしまったのだろうか。本音を隠せなくなるという不思議な作用が。だとしたら、サヤちゃんも……。

「わ、私だって……、好きで彼氏の話ばっかりしてるんじゃない！」

「……えっ？」

サヤちゃんにも効果が現れたら余計にヒートアップしてしまう、と心配したのだが、話は意外な方向に転がり始める。

「私は優衣みたいに趣味も好きなこともないし、玲央みたいに自分をしっかり持ってるわけじゃない。彼氏がいなかったらただのつまらない人間なの。だから彼氏の自慢ばっかりして、それでふたりの上に立った気分になって満足してた。彼氏は自分の所有物じゃないのに、私だけ恋人がいることで自分の価値まで上がった気がしてた……」

初めて聞くサヤちゃんの本音に、私も玲央ちゃんも驚いて顔を見合わせた。

いつも明るく強気なサヤちゃんが、自分に自信がない？　本当に？

「でもサヤちゃんは、こんなにオシャレでキレイなのに」

「そんなの、ファッション誌のコーディネートをそのまま真似してるだけだよ。メイクだって、今は動画を探せば詳しいやり方が全部わかるんだから。私の外見なんて、全部人の真似のハリボテだよ」

苦い顔をして、サヤちゃんは首を横に振る。こんな言葉を彼女から聞くなんて、思ってもみなかった。

「……でもそれだって、サヤちゃんが好きで努力していることだよね。私の趣味のカメラとおんなじで……」

私がフォローすると、玲央ちゃんもうなずく。

「私もそう思う。サヤは自分のこと卑下しすぎ。ファッションもメイクも、興味なかったらそこまで研究できないでしょ。実際、私には無理だし」

「うん、私も。毎日きっちりメイクして髪も巻いて……。私も、面倒くさくてできないよ。サヤちゃんはすごいよ」

「そう、なのかな……?」

不安な表情で聞き返すサヤちゃんは、いつもより小さく見えた。

サヤちゃんがここまでして本音を打ち明けてくれたんだ。私だって、彼女に本心を伝えたい。そう感じたときには、勝手に口が開いていた。

「私は彼氏さんを知らないし、サヤちゃんのことが好きだから、いつもサヤちゃん自身の話を聞きたいと思ってた。つまらない人間だなんて、一回も思ったことないよ」

「優衣……」

涙ぐむサヤちゃんに、玲央ちゃんが優しく微笑みかける。

「私もおおむね同じ意見かな。サヤ自身の話だったら、たとえ興味のない話題でもうんざりなんてしないよ」

玲央ちゃんの言葉がうれしくて、私までまぶたが熱くなってくる。

「玲央ちゃんの意見が聞けてよかった。玲央ちゃんのクールなところは尊敬してるけど、本当に私たちが好きで一緒にいてくれてるのか、たまに不安になってたんだ」

正直に伝えると、玲央ちゃんは首を横に振った。

「私はクールなんかじゃないよ。口下手だからいつも聞き役にまわってただけ。昔から、なに考えているかわからないとか、もっと感情を顔に出せとか、いつも親に言われてた」

「えっ、そうなの？」

玲央ちゃんにもそんな過去があったんだ。私も親から、『もっとしっかりしろ』

とか『落ち着きを持て』とか、さんざん叱られてきたから気持ちがわかる。

でも、玲央ちゃんに対してそんなの、思ったことなかった。

それをそのまま伝えると、サヤちゃんも同意してくれる。

「だよね。だって出会ったころからこうだったんだから、それが玲央でしょ」

「……ありがと」

ポーカーフェイスの玲央ちゃんの頬が、わずかに染まっていた。

「あと優衣がさっき言ってた件だけど……。不安に感じる必要ないよ。私はふたりのこと、そのままの私を受け入れてくれる大事な友達だと思ってる」

「……えっ」

急な告白に脳がフリーズしていると、サヤちゃんが「わ、私だって」と声を大きくした。

「ふたりのこと親友だと思ってるし、彼氏と同じくらい好きだし！　でも、彼氏と違って『私のこと好き？』なんて訊けないじゃん！」

一番の不安の答えを、ふたりから一度にもらってしまった。

勢いづいたまま、サヤちゃんが続ける。

「女友達に好意の確認なんてしないから、私も不安だったよ……。昔から、気が強いとか言い方がキツいとか言われて友達とトラブること多かったし」

その肩を、玲央ちゃんがぽんと叩いた。

「私も、サヤから気の強さがなくなったらサヤじゃないでしょ」

「私も、サヤちゃんのなんでもはっきり言えるとこ、尊敬してる」

玲央ちゃんとふたりでサヤちゃんを褒め合っていると、話の矛先が私に向く。

「優衣のことも、いつもぼんやりしてるとか、天然とかからかってごめん。ほんとはいつも優衣の優しさに癒やされてたよ」

「優衣がいるからうちらがうまく回ってるってとこ、あるかもね。緩衝材っていうか」

意外なところを褒められて、私は喜ぶ前にぽかんとしてしまった。

「私も、ふたりの役に立ってたんだ……」

「当たり前じゃん。じゃなきゃこんなに仲良くしないでしょ」

すねたように、サヤちゃんが口をとがらせる。

でも、その当たり前が、私たちみんな、見えなくなっていたんだ。

「えっと……。じゃあ、みんな同じ気持ちだったってことだよね」

コンプレックスや不安を抱えつつも、相手を大切に思っていたのがみんな一緒で、私は心がぽかぽかとあたたかくなるのを感じた。

「みんなタイプが違うのに、似たようなことで悩んでたなんて、ウケる」

「案外、似たもの同士なのかもね」

玲央ちゃんの言葉は的を射ているかも。似ている部分と、全然違う部分があったからこそ、私たちは友達になれたんじゃないかな。

「あ～、なんか、言いたいこと全部言ったらすっきりした！」

ぐぐっと背伸びするサヤちゃん。私の胸にずっとあったモヤモヤも、いつの間にかなくなっていた。

「もっと早く打ち明けていればよかったね。隠さなくてよかったんだ」

「なんか今日はテンション上がっちゃって、妙に口が回っちゃった。……なんでだろ」

ほうっと息を吐く私の横で、首をかしげる玲央ちゃん。私は栗最中の入っていた箱をじっと見つめる。

「……もしかしたら、この栗最中のおかげかも」

私のつぶやきは、近くのテーブルであがった笑い声にかき消される。

「優衣、なにか言った？」

「ううん、なんでもない」

今日の奇跡が栗最中のおかげでもそうじゃなくても、私はこの日を忘れないようにしようと決めた。

明日からもとの私に戻っても、これからは自分の力で気持ちを言葉にできるように。

＊　＊　＊

ガラス張りのカフェテリアの外。規則正しく並んだ木の上に、少女たちを眺める人影がひとつ。

校舎と校舎をつなぐ道には学生たちの姿があるが、袴姿の孤月に目を留める者はいない。

オレンジ色の西日を受けながら、孤月は愉快そうに口の端を持ち上げた。

「実はあの栗最中、最初のひとつにしか効果はないんですよね。栗と一緒に、妖力を込めるのをうっかり忘れてしまって。……わざとではないんですが」

付け足したようにつぶやくと、孤月は箱に残った最中のカケラを引き寄せた。

「彼女はこのお菓子のおかげだと思っていますが、自分が本音で付き合えば相手も本音を見せてくれる、ということなんでしょうか。なんにせよ、サンプルはいただいておきますね」

琥珀に包まれた最中のカケラは、孤月の手の中で夕陽を反射する。その光に気づいた学生が木を見上げたときにはもう、彼の姿は消えていた。

第四話

みがわりキャラメル

金色のピカピカした楽器を持つと、気持ちが引き締まる。

唇をマウスピースにつけて息を吹き込むと、まっすぐな音が飛び、自分と楽器が一体になったような感覚をおぼえる。

秋の始まりの空気って特にトランペットに合うと思うんだけど、どうしてだろう。

そんなことを考えていると、パートリーダーの彩香《あやか》がみんなを集める声が響いた。

「じゃあ、音出し終わりね。パート練習するから集まって」

放課後の教室。思い思いの場所で基礎練習をしていた部員たちが、トランペットを持って集まってくる。

「じゃあ、最初はロングトーンから」

メトロノームのリズムに合わせて、みんなで一斉に音を出す。パートリーダーに着任したばかりのときは緊張して表情も硬かった彩香が、今はいっぱしのリーダーの顔をしている。

「このあとは音楽祭の曲を個人練習ね。今日は全体合奏もあるから吹けないところなくしておいてね」

「はい」

彩香の指示のあと、パート全員の声がそろう。

譜面台を置いておいた教室の端に戻ると、一学年下の後輩に声をかけられた。

「斉藤《さいとう》先輩、今いいですか？」

「うん、どうしたの？」

「ちょっとうまく吹けないところがあって……。ここなんですけど」

楽器を持ったまま、私の譜面を指し示す後輩。「ああ、ここはね……」と言ってお手本を吹いてあげると、尊敬の眼差しで見上げられた。

「やっぱ先輩は、音の伸びが違いますねー！」

後輩に褒められると、やっぱりうれしい。

「でもこういうアドバイスって、私より彩香に聞いたほうがいいんじゃないの？」

本当はこんなこと思っていないのに、そのあとに続く言葉が聞きたくて、私はわざと後輩に話を振った。

「だって、斉藤先輩とは小学校の金管クラブから一緒でしたし、聞きやすいんですもん。それに正直私、高橋《たかはし》先輩より斉藤先輩のほうがうまいと思ってますし……。

あっこれ、ほかの人には言わないでくださいね」

「うんうん、わかってる」

うなずきながら、顔がニヤつくのが止められなかった。後輩の言葉で自尊心も自信も満たされるなんて、我ながら単純だなと感じながら。

勉強も運動も平凡、趣味といったら小説を読むことくらいの私にとって、トランペットは唯一の〝一番〟になれるものだった。

小学校の金管クラブでトランペットを始めて、中学の吹奏楽部でも続けた。数少ない経験者ということで、入部当初から先輩たちにも一目置かれた。

だけど、二年生の二学期になり、三年の先輩たちが引退したとき、パートリーダーに選ばれたのは私じゃなかった。

同じ学年の、高橋彩香。彩香は中学から楽器を始めたのに、めきめきと上達して、私と肩を並べるまでになった。

彩香がパートリーダーに選ばれたのは、成績のよさとか、しっかりしている部分が評価されたのだと思う。楽器のうまさで言えば、まだ私のほうが勝っているはず。そう信じているのに、焦りが消えない。

毎年、秋に開催されている地域の音楽祭。そこで私たちが演奏する曲には、トランペットのソロパートがあった。候補に選ばれたのは、私と彩香。そのソロ権をかけて、ふたりでオーディションをすることになっているのだ。

部員と顧問の前でひとりずつソロパートを演奏し、多数決で決めるという、落ちたらショックで再起不能になりそうな方法で。

しかも私には、『彩香に負けるかもしれない』と思い込むのに充分な、とある体質があるのだ――。

部活が終わったあと、私は学校近くの神社に願掛けに来ていた。家に帰るのには遠回りになるけれど、ここのところ毎日のようにここに寄っていた。古くて小さい神社だけど、赤ちゃんのときのお宮参りもここでしたというし、私にとってなんとなく信頼感のある神様なのだ。

「本番で絶対失敗しませんように。いつもみたいに不幸が起こりませんように……！」

ちょっとでも神様が不運を持っていってくれますように、と念を入れてお願いする。

――そう、私は昔から、ちょっとした不幸や失敗が多い、不運体質なのだった。

運動会の徒競走で転んだり、演奏会でミスをしたりと本番に弱いのはもちろん、普段から犬の糞を踏んだり自転車で電柱にぶつかったりと、不幸な出来事が多い。厄病神にとりつかれているのではと思うほどだ。

いつも通りだったら、オーディションの本番でもなにかミスをやらかすに決まっている。

でも、今回は絶対絶対絶対、失敗したくない。彩香は勉強もできて先生からの信頼も厚く、私にないものをたくさん持っている。絵に描いたような優等生で、パートリーダーにも選ばれた。

私には、トランペットしかないのに。なんでも持っている人に、私の最後の矜《きょう》持《じ》まで奪われたくない。正直、『そのくらい譲ってよ。辞退してよ』というずうずうしい気持ちも抱いている。マジメな彩香がそうしないことは、わかっているのに。きっと遠慮もなしに、全力でぶつかってくる。

せめて、今回の勝負のときだけでも、不幸が起きないことが確定していればいいのに。もしくはだれかに、不幸を押しつけられたらいいのに。例えば、彩香に……。

「ダメダメ、そんなこと考えちゃ！」

私は頭をぶんぶんと振って、手を合わせていた本殿から離れた。

こんな邪《よこしま》なことを考えるなんて、戦う前から負けているようなものじゃないか。

そのとき、境内の裏のほうからカラスの鳴き声がしたので、反射的に振り向いた。

いつも通りの光景……のはずなのに、なんだか違和感。

「あれっ？」

考える前に、その理由がわかった。境内を取り囲んでいる大きな木。まるで侵入者を拒む壁のようになっているそれが、一部分だけぽっかり拓けているのだ。

どうしてだろう。昨日来たときは、こんなふうじゃなかったはずなのに。神主さんが、今日になっていきなり木を切ったのだろうか？

不審に思って近づくと、拓けた草むらの先には、さらにびっくりする景色が広がっていた。

「商店街……？　なんで？」

ろくに舗装もされていない一本道が長く延び、その左右にお店らしきものがずらりと並んでいる。まごうことなき商店街だった。

でも、この神社には何度も来ているけれど、近くに商店街なんてなかったはずだ。なんだか、おかしい。商店街の様子がやけに閑散としているのも、建物がレトロで現代感がないところも、妙だ。いや、つぶれかけの商店街なんてこんなものかもしれないけれど。

　こんなところで時間をつぶすくらいなら、早く帰って譜読みでもしたほうがいいのに。頭ではそうわかっているのに、妙な引力に引っ張られて足が自然と動いてしまう。

　思春期の好奇心って、ちょっと危険なものに惹かれるのかも。

　商店街を途中まで進んでわかったのだが、ほとんどのお店が閉まっている。窓にカーテンが引かれて中が見えないようになっていたり、真っ暗だったり。やっぱりこんなところでもアンラッキーを引いてしまうのが私という感じだ。

　入る前はただの古びた商店街だと思っていたのだが、実際に歩いてみるとレトロなだけではない。中華風の外観のお店があったり、街灯がなくて提灯が下がっていたり、何語で書いてあるのかわからない看板がかかっていたり。なんだか不思議な雰囲気なのだ。昭和の映画の町並みと、昔の中国映画がまじった光景に、ファンタジー映画をちょっと足した感じ、と言えばいいだろうか。夕暮れのオレンジ色に染まった商店街は、本当に映画のセットみたいだ。

「……あっ、楽器店！」

ショーウインドウになにも飾っていない店が多い中、私は楽器を展示している店を見つけた。

うれしくなって早足で近寄るが、遠くから見て『バイオリンかな』と思ったものは、見たことのない弦楽器だった。七福神が持っているものに似ている気がするから、琵琶だろうか。ほかにも、フルートのような横笛はあるのに黒い木でできていたり、和太鼓が並んでいたり。吹奏楽で使うようなメジャーな楽器はひとつもない。

せめて店内には、金管楽器のマウスピースとか、木管楽器のリードくらいは置いてあるだろうと思ったのだが、木でできた扉はギシギシ鳴るだけでびくともしない。せめて『閉店中』って札くらいはかけておいてほしい。

それ以外には開いている店も気になる店も見つからないまま、道の突き当たりが見えてきてしまった。

しかしその突き当たりに、桃色のぼんぼりが灯っている店が一軒。看板には『コハク妖菓子店』とあった。やっと営業していそうな店を見つけたというのに、定休日が新月と満月の日だなんて、なんだか怪しい店っぽい。『妖菓子店』というのも普通じゃないし、お菓子じゃなくて妙な漢方薬なんかを売りつけられるんじゃゃ……。

いいや、帰ろう。そう思ったときにふと考える。

怪しいものを売っているなら、私の体質に効くようなものもあるんじゃ……？

例えば、緊張しなくなる漢方薬とか。

ちらっとだけ覗いてみよう。本当に危険な店だったら、走って逃げればいい。トランペット奏者だから肺活量には自信がある。

そろりそろり、音をたてないように、木で細工の施された扉を開ける。半開きになった扉から店内をうかがうと、なんのことはない、ごく普通のお菓子屋さんだった。

ホッとして店内に足を踏み入れる。和三盆や最中のような和菓子と、こんぺいとうや飴みたいなレトロ駄菓子が置いてある。

商品をじっくり見て回ろうとすると、カウンターの奥から人が出てきた。

「おや、お客様でしたか。裏で作業をしていて気づきませんでした。すみません」

「い、いえ……」

思わずドキドキしてしまうくらいの、袴を着た金髪イケメンが私に近寄ってくる。

こんなキレイな顔をした男の人なんて、見たことない。

「私は店主の孤月です。コハク妖菓子店にようこそ。ごゆっくりご覧ください」

「は、はあ……」

金色の目を細めて、丁寧に挨拶をしてくれる。中学生相手に、礼儀正しい店主さんだ。

イケメンだから信じるというわけではないが、この人が危険なものを売っている可能性はないだろう。安心してお菓子を吟味しよう。

……と、思ったのに。

『よくばりこんぺいとう』『とうめい和三盆』『かくせない栗最中』など、札に書かれているお菓子の名前がひと癖あった。

定休日といい、袴姿といい、個性的なお店であることは間違いない。ただ、並んでいるお菓子はどれもおいしそうで、素直に食べてみたいなと思わせた。

「……ん？」

その中で私が目に留めたのは、箱に入ったキャラメル。市販のものではない箱のレトロなデザインも気になったけれど、手に取ったのは商品名のせいだった。

『みがわりキャラメル』。商品札には、そう書いてあった。まるで、『だれかに不幸を押しつけたい』と考えていた私を見透かすように。

「だれだって、他人に押しつけたい嫌なことってありますよね」

背後から孤月さんに声をかけられて、びくっと身体が動いた。

「あなたは、自分の特性をお嘆きのようですね。もしかしたら、そのお菓子がなにかの役に立てるかもしれません」

「ど……、どうして知っているんですか」

私の体質も、悩みも、全部わかっているような口調だった。

「いえ、ただの勘です」

「勘……ですか」

まあ、こんな商品名のキャラメルが気になっている時点で、みがわりになってほしい嫌なことがあるというのは、だれにだってわかる。

本当に『みがわり』の効果があると信じているわけじゃないけれど、値段も安いのでひとつ買ってみることにした。キャラメルは好きだし、レトロなイラストの入った箱もかわいいし。

手打ちのレジでお会計をして、孤月さんはセピア色の紙袋に小さなキャラメルの箱を入れてくれた。

「あ、わざわざすみません……」

紙袋を受け取ったあと、孤月さんは頭を下げて口の両端をかすかに上げた。

「ご購入ありがとうございます。いつまでも口の中に残るキャラメルの甘さのように、このお菓子の魅力にとりつかれないようにご注意ください」

＊＊＊

「あっま……」

夕飯後にキャラメルを一粒食べてみると、喉が焼け付くような甘さだった。キャラメルなんて久しぶりに食べたけど、こんなに甘かったっけ。ずっと口の中にキャラメルの膜が張り付いているみたいだ。

むせそうになって、キッチンで水を飲んでやっと人心地つく。

「うーん……。でも、この甘さがいいのかも」

強烈な甘さのおかげで目は覚めたし、試験勉強の前なんかに食べたら効きそう。

次の日も、一粒口に放り込んでから家を出た。すると、不思議なことが起こったのだ。

制服姿の中学生がぞろぞろと歩いている学校前の通学路。「きゃあ！」という悲鳴が後ろから聞こえた。

なんだなんだ、と思って振り向くと、女子生徒が片足を持ち上げて顔をしかめている。

「やだもう、最悪！　犬の糞、踏んじゃった！　スニーカー、洗ったばっかりだったのに」

「うわぁ、ドンマイ……」

隣にいる友達に気の毒そうな目を向けられながら、スニーカーの靴底をアスファルトにこすりつけている。

……いつもだったら、こんな悲惨な出来事は私の役目なのに。なぜか今日は、知らない間に糞を避けて歩いていたようだ。

このときはまだ、『たまにはラッキーなこともあるんだな』くらいに思っていた。

もしかして、と疑問に持ち始めたのは四限目。給食の前でお腹がすいて、授業に集中できずにぼうっとしていた。

「じゃあ次の問題は……」

黒板に数学の問題を書いていた先生と目が合う。『じゃあ斉藤、やってみろ』と指されると思って身構えていたら。

「さいと……じゃなくて、渡辺《わたなべ》」

先生がふいっと視線を逸らし、別の生徒が指される。

「えっ」

完全に私が指されると思って安心しきっていた渡辺くんは、焦った声を出していた。

「梨沙《りさ》、ラッキーだったじゃん」

後ろの席の友達が、肩をつんつんとつついてくる。

「うん……」

そうだよね、友達だってそう思うよね。いつもだったら完全に、私が指されている状況だったから。

数学は苦手だし、絶対に解けそうもない問題だったから助かった。だけど、どうして先生は見逃してくれたんだろう。途中まで私の名前を言いかけていたのに。

『みがわりキャラメル』。その名前が頭の中に浮かぶ。

朝の惨事も、今の出来事も、ほかの人が私のみがわりになってくれたのだとしたら？　私の不運を、だれかに押しつけることが、本当にできるとしたら？

朝に食べたキャラメルの甘さを思い出し、ごくりとつばを飲み込む。

そうしたら、私はもう不運体質じゃなくなるし、ソロパートのオーディションでも絶対に勝てるはず。でもそれは、私の不幸を引き受けてくれるだれかがいるってことで……。

なにも、一生だれかに不運を背負ってほしいなんて考えているわけじゃない。オーディションの一回だけ。そのときだけでも、本当の実力を出したい。それってそんなに悪いことなの？　いや、今まで不幸に耐えてきたんだから、それくらい許されるはず。

私は自分の行動を正当化して、罪悪感にも、チクンとした胸の痛みにも、気づかないふりをした。

オーディションまでの数日間も、うっかり怪我などをしないように、毎日キャラメルを食べるようにした。

なんだか食べるごとに、キャラメルのねっとりとした甘さが増しているように感じる。

今までだったらよくあった、教科書をうっかり忘れて注意されるのも、理科の実験で私の班だけ失敗するのも、私の身には起こらなかった。私がするはずだった失敗は、全部ほかのクラスメイトがみがわりになってくれた。

親にも『梨沙はそそっかしいと思っていたけれど、ここのところ落ち着いているじゃない』と褒められたし、友達にも『最近、調子いいじゃん！　どうしたの？』と驚かれた。

自分のしてきた失敗を第三者として眺めてみると、本当に今までさんざんだったんだな……という暗い気持ちになる。オーディションが終わって、もとの生活に戻るのが怖い。私は本当に、キャラメルを手放せるのだろうか。


そして、オーディション当日。

土曜日で学校は休みだけど部活は午前中からあり、オーディションは夕方、部活の最後に行われた。

音楽室に全体合奏と同じように椅子を並べ、全員に後ろを向いてもらう。どちらが吹いたかわからないようにしてジャッジしてもらうのだ。

くじ引きの結果、私は彩香の次。音楽室の外に出て、なるべく彩香の演奏が耳に入らないようにしていたのだけど、トランペットの大きな音は防音の音楽室からも漏れてしまう。

彩香はさすがのキレイな高音を出していたけれど、いくつかミスがあった。これなら、私がノーミスで演奏すれば勝てる。音色の美しさでは彩香にかなわないけれど、思いきりのよさやまっすぐ届くはっきりした音は私のほうが上だと、顧問の先生にも言われてきた。私のよさを活かすソロ演奏をすれば、きっと。

後ろ向きの部員たちに向かって演奏をするのは変な感じだったけれど、ミスもなく、練習のときよりもうまく吹けた。いつも音程がずれる高音も、一発でピッチの合った音が出せて、後半は気持ちよささえ覚えていた。

ちゃんと実力が出せれば、私、こんなにうまかったんじゃん。今までは本当の実力じゃなかったから、先生も部員たちも彩香と比べていたけれど、こんな演奏ができれば彩香は敵ではない。

多数決の結果、三分の二以上の部員が二番目の演奏に手を挙げ、ソロパートは無事、私が勝ち取ることができた。

みんなに拍手されながら彩香の顔をちらりと見たけれど、唇をかんで、泣くのをこらえているような表情をしていた。

「斉藤先輩、ソロおめでとうございます！」

解散のあと楽器を片付けていると、私を慕っている後輩に声をかけられた。

「ありがとう」

後輩が声をひそめないので、周りに聞こえていないか気にしてみたけれど、音楽室に彩香の姿はなかった。

「本番でミスなしだなんて、さすがです！」

「うん。今日はあんまり緊張しないですんだから」

それはキャラメルのおかげだけど、本来の実力が出せただけだ。

「逆に高橋先輩は、ミスしたあと調子が崩れちゃったみたいで、なんだかちょっとかわいそうでした」

罪悪感なんてなかったのに、後輩の言葉を聞いて、心臓がドクン……と嫌な音をたてた。

「……そうなんだ。私、細かいところまでは聞いてなかったから……」

「普段はあんまりしないような失敗をしてましたよ。やっぱり緊張してたんでしょうか」

「……そうかもね」

返事はしたけれど、頭の中では違うことを考えていた。

今回私のみがわりになったのは、彩香——？

私がミスしなかったかわりに、彩香が自分の実力を出せなかったの？

「先輩が気にすることないですよ！　ほら、先輩のほうが小学校のころから場数をいっぱい踏んでるし、本番に強かったってだけですよ」

私の顔が暗くなったのに気づいて、後輩がフォローしてくれる。

「そうだよね」

ちょっと考えすぎだったかも。私のみがわりにならなくたって、緊張したらだれだってミスをするものだ。それは彩香でも同じこと。

片付けを終え、楽器ケースをしまうために音楽準備室に行くと、洟《はな》をすする音と話し声が聞こえた。びくっとして、棚の陰に身を隠してしまう。

「残念だったね、彩香」

「うん……」

こっそり覗いてみると、しゃがみ込んで泣いているのは彩香で、それをなぐさめているのは彩香と仲がいいトロンボーンの同級生だった。

涙まじりの彩香の声を聞くと、胸がぎゅっとつかまれる気がした。

キャラメルがなかったら、ここで泣いているのは私だったのかもしれない。

「でも、どうしたの？　いつもはあんなに上手に吹いていたのに」

「わからない。どうして今日に限って失敗しちゃったんだろう。本番で緊張しないようにって思ってたくさん練習したのに、演奏が始まったら急に頭が真っ白になって……」

「部活がない日も音楽室を開けてもらって自主練して、朝も早く来てソロの練習してたのにね」

えっ、自主練？　そんなことは初耳で、楽器ケースを持った手が震えた。

「毎日朝練に付き合わせたのに、結果が出せなくてごめんね」

「いいよ、そんなこと気にしなくて」

話し終えたふたりが腰を上げる気配がしたので、あわてて準備室から出て、音楽室に戻った。

「あれ、先輩？　楽器しまわなかったんですか？」

後輩が不思議な様子でそばに来る。心臓がうるさいくらい暴れて、呼吸が苦しくて、それに返すことはできなかった。

彩香が毎日朝練していたなんて知らなかった。部活が休みの日にわざわざ学校に来て練習していることも。ほかのパートメンバーも教えてくれなかったし、きっと顧問の先生と彩香の親友しか知らなかったんだ。

本番ならだれでも緊張するに決まっている。そう思っていたのは間違いだったんだ。

私が今まで本番でミスをしてきたのは、練習不足だっただけ。練習で失敗していたところが本番でうまくいくはずがないんだ。

彩香はそうならないように、私の何倍も努力を重ねていた。

朝なんて私はいつも遅刻ギリギリまで寝ているし、部活が休みの日は『やったー』と喜んで家でゴロゴロしていた。その間ずっと彩香は練習をしていたんだ。だれにもアピールすることなく、ひっそりと。

それなのに、私のせいで失敗のみがわりにされてしまった。

「……私、取り返しのつかないことをしちゃったかもしれない」

小さくつぶやいてその場に座り込むと、後輩の焦った声が頭の上から聞こえた。


次の週、キャラメルは食べずに気をつけて自分自身を観察してみると、いろいろなことがわかってきた。

登校中に犬の糞を踏んだり石につまずいたりするのは、自分が注意力散漫なせい。

そもそも遅刻ギリギリに家を出るから、早足になっていて足下を見ていなかった。

先生によく当てられるのは、窓の外をぼうっと見ていたり、『当てられませんように』と必死に下を向いて祈っているとき。

理科の実験や調理実習で失敗するのは、私が手順をよく確認しなかったり、大ざっぱに分量を量ったりしていたから。

自分のことを『不幸体質』だとずっと思ってきたけれど、違った。

なんのことはない、全部自分が原因だったんだ。私がそそっかしくて、周りを見ていなくて、注意力も落ち着きもなかっただけ。

『あなたは、自分の特性をお嘆きのようですね。もしかしたら、そのお菓子がなにかの役に立てるかもしれません』

コハク妖菓子店に行った日の、孤月さんのセリフがよみがえる。

あのとき孤月さんは『体質』じゃなくて『特性』という言葉を使った。きっと最初からお見通しだったんだ。傲慢な中学生が、体質という都合のいい言い訳をして、自分の欠点を受け入れずにいること。

オーディションの日からキャラメルは食べていないのに、あのねっとりした甘さが今でもずっと口の中に残っている。それは私の罪悪感だ。なにも悪くない彩香に、大勢の前での失敗を味わわせた、私の――。

時間を戻すことはできないし、あのオーディションをなかったことにはできない。

でも、私にしかできない、たったひとつの贖罪《しょくざい》がある。

「長谷川《はせがわ》先生。今、大丈夫ですか」

昼休み。職員室に入って、吹奏楽顧問の音楽の先生に声をかけると、「あら」と意外そうな顔をされた。

「斉藤さん。どうしたの？　職員室に来るなんて珍しいわね」

成績のいい優等生は、休み時間に先生に質問に行くこともあるみたいだけど、そこまで勉強好きではない私が職員室に足を踏み入れることはほとんどない。部長や副部長は音楽室の鍵を取りにいったり、パートリーダーは練習メニューを相談したりと、顧問のもとを訪れる機会もあるようだけど。

教室と違って、大人たちがうろうろしている職員室は居心地が悪い。周りを気にしてもじもじしている私に、長谷川先生は「なにか相談事？」と話を振ってくれた。

「あの……。トランペットのソロパートについて、相談があって」

「この前のオーディションで斉藤さんに決まったわよね。つまずいている箇所でもあるの？」

「いえ、違うんです」

朝から何度も、頭の中で繰り返しシミュレーションしたセリフを、口に出す。

「もう一度、オーディションをやり直してくれませんか。私自身が、結果に納得していないんです」

先生は一瞬だけ目を見開いたあと、「……本気なの？」と静かな表情で私にたずねた。

「はい。あのときの彩香の演奏は本調子じゃなかった。……先生だって本当は、そう思ってるんですよね」

逆に私は、実力以上の力を出せていた。それは口にしなくても、先生はわかっているだろう。

「本番に強いのも、体調管理も実力のうちなのよ。それをわかって言ってる？」

「はい。もちろんです」

本番には日頃の実力がそのまま反映される。それをキャラメルの力でむりやりねじ曲げたのは、私だ。

しばらく、無言で先生と見つめ合う。私の気持ちが変わらないことがわかると、先生は表情をゆるめて、ふぅーっと息を吐いた。

「……わかった。今日の部活までに、どうするか考えてみる」

「ありがとうございます」

深々と頭を下げる。思えば、大人に対してここまで真摯に頭を下げたのは、初めてかもしれない。

「斉藤さんからこんなこと言われるなんて、思っていなかったわ。中学生の成長って、早いのね」

長谷川先生は、遠くを見るような眼差しで微笑んでいた。

部活始めのミーティングで、オーディションのやり直しがあること、それが私からの希望だということが先生から発表されると、音楽室の中がざわついた。

後輩は鳩が豆鉄砲を食ったような顔で私を見ているし、彩香は硬直していた。

私はどちらにも声をかけずに、黙って背筋を伸ばして、前を向いた。なんだか初めて、自分のことが好きになれそうな気がした。

次の土曜日に開かれた再オーディションでは、私は惨敗。彩香はキレイな音とビブラートで、安定した演奏を披露した。それはこの前『うまく吹けた』と思っていた私の演奏よりも数倍うまいソロパートだった。

投票で部員全員が彩香の演奏に手を挙げたとき、彩香は涙をぬぐっていた。みんなは後ろを向いていたから、私しか知らないこと。

「梨沙！」

下校時、学校の敷地を出たところで彩香に声をかけられた。

「どうして……、なんでやり直しなんて申し出たの？　あんなにソロ、やりたがっていたじゃない」

どうして彩香は、こんなに必死な表情をしているんだろう。ソロを勝ち取ったんだから、しらんぷりしていればいいのに。でも、それができないのが彩香なんだ。今こんなに必死なのは私のためだって、ちゃんとわかっている。

「今日の演奏が本当の実力で、自分はソロにふさわしくない。そう思ったからだよ」

「……負ける覚悟で再勝負したってこと？　……バカ。梨沙はバカだよ……！」

彩香は私の腕をつかみ、泣き声まじりで叫んだ。

「うん、知ってる。でもね、私初めて、自分がバカでよかったって思った。だって今こんなに、すっきりした気持ちなんだもん」

うつむいて身体を震わせる彩香に向かって、明るい声を出す。十四年間生きてきてやっと、自分のことが少しだけわかったのだ。

「梨沙……」

「ソロ、がんばってよね。私だって卒業までには、彩香を追い抜いてやるんだから」

そう、勝負はこれで終わりではない。またトランペットソロのある曲も演奏するかもしれないし、そのときは絶対にソロ権を勝ち取ってやる。

「……うん！」

私たちは、どちらが言い出すともなく握手をしていた。さっきまで泣いていた彩香だけど、今は瞳に『自分も負けない』という強い光が宿っている。

これから彩香と、いいライバル同士になれたらいい。そう思った。


その後の話をしよう。

私は自分の性格を改めることにした。周りを注意深く見るようになったし、授業にも集中するようにした。

部活でも、手を抜くことなく基礎練にも全力で取り組むようにしたし、周りの部員のいいところは盗もうと思って、みんなの音もよく聞くようになった。

『この前は落ち着きが出てきたって言ったけど、それだけじゃなかったみたいね。最近やる気があってすごいじゃない』

『最近梨沙、変わったね。私は今のほうが好きかな』

親にも友達にも、そう褒められた。キャラメルを食べて褒められたときよりも、何倍もうれしかった。

　彩香とは、前よりも仲良くなれた気がする。後輩への指導方法や、パート練習のメニューなど、パートリーダーとして相談してくれることが増えたのだ。

　マジメな彩香から相談されるということは、同志として認められたということだ。がんばっていれば、必ずだれかが見てくれている。今までこんなに努力した経験がなかったから、そんなことにも初めて気づいた。

　そして今日、私は久しぶりに、夕暮れの神社を訪れている。孤月さんにお礼を言いたかったのだけど、商店街への道は見つからなかった。

　なんだか、驚くというより『やっぱりね』という気持ちだ。あの商店街もコハク妖菓子店も、普通なら人間が訪れる場所ではないのだろう。偶然がいくつも重なって、あの日だけたまたま、ファンタジーへの扉が開いたんだ。

「神様。このキャラメルはここに供えていくことにします。もうみがわりの力を借りなくても、大丈夫だから」

　一粒だけ残っているキャラメルの箱を本殿に供え、手を合わせて踵を返す。

　またいつか、偶然が重なって孤月さんに会える日は来るのかな。それともこの前の出来事は、子どものうちだけの特権なのかな。

なんとなく、今の私を孤月さんも見てくれているような気がして、オレンジ色に染まった空を見上げた。

＊　＊　＊

空を見上げた少女と、一瞬だけ目が合う。孤月に気づいた様子もない少女は、そのまま軽い足取りで神社を出ていった。

神社の屋根の上で様子をうかがっていた孤月は、珍しく地上に下りた。

「今まで来たお客様の中で一番、あの方が真実に近づいていましたね。子どもだからって、甘く見てはいけませんね」

少女の供えたキャラメルを手に取ると、目を細め、口の両端をかすかに持ち上げる。

「でも、あの方はひとつだけ勘違いしていました。実は梨沙さんには本当に、厄病神がついていたんです。最初は自分が引き起こした不運でも、それを運命のせいにするうちに自分で引きつけてしまったようです」

キャラメルを箱から取り出し、宙にかざして遠い目をする。

「今はもう、どこかに去ったみたいですよ。よかったですね。サンプルはいつも通り、いただいておきます」

孤月の手の中で、キャラメルは琥珀に包まれる。空になったキャラメルの箱をもとの場所に供え直すと、孤月はそのまま姿を消した。

第五話

たしかめたい林檎飴

「ふあぁぁん、ふあぁぁぁん！」

アパートの一室に、甲高い赤ちゃんの泣き声が響く。必死でなにかを訴えようとしているような、全身を使った泣き声。

「はいはい、今行きますよー」

大丈夫だと思っていても、子どもが泣くと、隣の家まで声が聞こえているのではとハラハラしてしまう。

おっぱいをあげてすぐ泣き止んでくれるときはいいけれど、そうじゃないときはどうしたらいいかわからなくて、私のほうが泣きたくなってしまう。

子どものことは、かわいい。だけど、一日中子どもといると、社会と隔絶された狭い世界に、たったふたりきりで閉じ込められた気持ちになる。

もうすぐ三十歳。夫と結婚してすぐに子どもができ、勤めていた会社をやめて専業主婦になった。産休をとって産後に復帰しようと思っていたのだが、夫が子どもが小さいうちは育児に専念してほしいと望んだのだ。

私の実家も夫の実家も遠いために頼ることはできない。夫だけが頼りなのに、子どもが生まれてから夫は私に対してそっけなくなった。

子どもが夜泣きしても絶対起きないし、気づいても『泣いてるよ』とイライラした眠たげな声で催促するだけ。『任せてごめんね』『いつもありがとう』などという感謝の言葉なんてない。

育児に時間を割かれても、家事は今までと同じ量をしなきゃいけないし、これだったら働きながら家事をしていたときのほうがずっと楽だった。社会とつながっている安心感はあったし、夫だって『お疲れ様』と優しい言葉をかけてくれた。

「愛情が、目減りしたんじゃないかな……」

子どもが生まれて育メンになる男性もいれば、『家族のためにもっと稼がないと』と仕事人間になる男性もいる。うちの夫は、おそらく後者だったのだ。それとも、私とも子どもとも向き合いたくないから後者になったのだろうか。

「私のことを必要としてくれるのは、桜《さくら》だけだよ」

ベビーベッドで寝ている娘のほっぺたをそっとつつく。春に生まれたから、桜と名付けた。夫の名前が樹《いつき》で私が千花《ちか》なので、娘にも植物の名前をつけたかったのだ。

喜びに包まれたあの春の日からおよそ八ヶ月が過ぎ、季節は冬になった。

ここ八ヶ月、育児以外になにをしていたのか思い出せない。美容院にも長いこと行っていないし、友達とも会っていない。私の時間のすべては桜に向いていると言っても過言ではない。

夕方、ベビーカーに桜を乗せて、スーパーに買い物に行く。今日は天気がいいし、桜の機嫌もいいので、少し遠回りして散歩しながら家に帰ろうと思いつく。

結婚してからこの町に住んだので、実は町の大雑把な施設しか知らない。大通りを一本越えると、もう未知の世界なのだ。

いつもとは違う道を通っていると、ぽつんと佇む小さな神社を見つけた。

少し高い位置にあって階段を上るところも、周りをぐるりと大きな木で囲まれているところも、世の中とは隔絶された神聖な場所に思えた。今の私には、そういう場所のほうが心が休まる。

階段の端がスロープになっているので、ベビーカーも押して入れそうだ。せっかくだし、ここで休憩していくのもいいかも。

そう思って寄り道をしたのだが、実際に境内に入ってみると、ベンチもなく本殿だけの殺風景な景色が広がっていて、ひと息つける感じではなかった。

買い物中にはしゃいで疲れたのか、桜はベビーカーの上ですやすやと寝息をたてている。せっかく外でひとりの時間を持てそうだったのにな……とがっかりするが、とりあえず参拝だけはしていくことに決めた。

桜が起きないように、静かにお賽銭を入れて鈴を鳴らす。家内安全を願うけれど、自分の本当の願いは別にある気がして、ぶるぶるっと寒気がした。

ダウンコートの前を合わせて、帰ろうとしたとき。違和感があって後ろを振り返った。

なんだろう。景色のおさまりが悪い気がする。

「……あ」

その理由がわかった。ぐるりと敷地を取り囲むように生えている木。それが一部分、生えていない場所があるのだ。ぽっかりと、そこだけわざと空間を作ったように。

どうしてだろう、と近づいてみると、空間からは一本の道が延び、ひなびた商店街へとつながっていた。

「こんなところに、商店街なんてあったんだ……」

買い物はいつもスーパーですませているから、気づかなかった。もしかしたら安い店が見つかるかもしれないから、行ってみようか。

舗装されていない道はベビーカーががたがた鳴る。桜が起きないか心配になったけれど、その振動が逆に心地いいのか熟睡したままだ。

遠くから見たときはわからなかったけれど、なんだか異様な雰囲気の商店街だ。街灯がなくて提灯が下がっているし、日本語じゃない看板もあるし。しかも、ここまで通ってきた店のほとんどが閉まっている。

「ちょっと、失敗だったかも……」

適当なところで引き返そう、とため息をつくと、店の陰からこちらを見ている小さな女の子と目が合った。年頃は就学前くらい。今どき珍しい真っ黒のおかっぱ頭で、なんと赤い着物を着ている。七五三の日は終わったばかりだけど、なにかおうちの行事だったのだろうか。

「あら、かわいい。こんにちは」

声をかけると、おそるおそるという様子で近寄ってくる。にこっと笑いかけてあげると、ホッとした様子でベビーカーの中を覗き込んだ。

「赤ちゃん、珍しい？」

たずねると、しばし考えてから女の子は首を横に振る。

「小さい子が好きなの？」

その質問には、イエス。ということは、この子には弟か妹がいるのかも。

声を出さなくて無表情なのが気になるけれど、見知らぬ大人相手に緊張しているのだろう。

桜の寝顔を見つめる女の子を微笑ましい気持ちで眺めていると、女の子の頭のてっぺんがむくむく、と動いたように見えた。

「……ん？」

髪の毛の下に、ふたつのでっぱりがあるようだ。それが徐々に大きくなっている気がして、目をこすった。

「ねえ、頭のところ、どうしたの？　ぶつけたのかな？」

たずねると、女の子はバッと頭を押さえる。その瞬間、押さえた両手の隙間から、タヌキのような耳がぴょこん！　と飛び出した。

ぽかん、としているうちに女の子は走り去っていく。その後ろ姿、まくれ上がった着物の裾から、丸みのあるしっぽが見えた、ような……。

「……疲れすぎているのかな」

最近、目がかすむことが多いし、たんこぶを耳と見間違えたのかも。しっぽのようなものは、ひと昔前に流行ったしっぽ形アクセサリーだろう。テーマパークでは今でも売っているし。

家に帰ったら、夕飯の準備をする前に少し横になろうと決めた。私が倒れても、育児も家事も代わってくれる人はいないんだから。

そのあとは人とすれ違うこともなく、道の突き当たりが見えてきた。案外小さな商店街だったみたいだ。

商店街の端には、ほかの店とは雰囲気の違う一軒の店があった。『コハク妖菓子店』と書いてある。『洋菓子』と『妖菓子』をかけた洒落なのだろうか。

古い店構えはほかと同じだけど、手入れされているのか外観はピカピカしているし、明かりの灯った桃色のぼんぼりも飾ってある。

お菓子の専門店だったら、桜の食べられるものも売っているかもしれない。おやつにはスナック菓子じゃなくて、干し芋とか、無添加のたまごボーロとか、身体にいいものをあげるようにしている。こういう個人店では手作りのお菓子を売っているだろうし、期待できそうだ。

どっしりした扉を片手で押すと、少し薄暗い店内の様子が目に飛び込んできた。

商品の棚があって、広々とした店内とは言いがたいけれど、ほかにお客さんはいないからベビーカーが迷惑をかけることはなさそうだ。

「いらっしゃいませ」

入口の段差を乗り越えてひと息ついたところで、店員さんに声をかけられた。

「あ、どうも――」

しかし、声のした方向に視線を移した私は固まってしまう。その店員さんが、あまりにも美形だったからだ。

彫刻のような整った顔立ち、サラサラの金髪に袴姿。最近は、明るい髪色に和服を合わせるのが流行っているのだろうか。個性的な格好が違和感なくなじんでいるのでそんなふうに思う。

店員さんは、ベビーカーにちらっと視線を向けて口角を上げる。

「珍しいですね。ふたり連れのお客様とは、初めてかもしれません」

「ふたり？　……ああ」

ベビーカーの赤ちゃんを見て〝ふたり連れ〟と言ってくれたことに、私はちょっと感動していた。それにしてもふたり連れが珍しいなんて、普段は常連のお客様しか訪れないのだろうか。

「私は店主の孤月です。ここは夕闇通り商店街のコハク妖菓子店。どうぞごゆっくりご覧ください」

「は、はい……」

ここの商店街はそんな名称だったのか。

店内をぐるりと見回してみる。『妖菓子店』という店名だったが並んでいるものは和菓子が中心だ。ほかには、こんぺいとうやキャラメルなどの駄菓子もある。

その中に、ひときわ目を引く、赤くて大きなお菓子があった。

「えっ。林檎飴《りんごあめ》……？」

割り箸の先端に赤い飴でコーティングされた林檎が刺さっている、お祭りでよく見る林檎飴が、商品棚にひとつだけぽつんと置いてあった。林檎はひめりんごなのだろうか、スーパーで買う林檎よりひとまわり小さい。

「林檎飴が気になるようですね」

後ろから孤月さんに声をかけられて、びくっとする。私がぼうっとしていたせいか、近づいてきた気配に気づかなかった。

「あ、はい。お祭りの屋台でしか売っていないものだと思っていたから、お店にあるのにびっくりしました」

「林檎飴、私が好きだから置いてあるんです。普通の飴と違って、中の林檎が見えるのがいいですよね。人の心もそんなふうに透けて見えればいいのに……、そう思いませんか？」

心を見透かすような金色の瞳を向けられて、ドキンと心臓が音をたてる。

どうして桜がぐずっているのかわからないとき。夫がため息をついて、うっとうしそうに返事するとき。心が見えたらいいのにって、そんなふうに感じていた。言葉を知らない桜とも、言葉にしてくれない夫とも、うまくコミュニケーションがとれるのにって。

孤月さんの話に影響されたわけではないけれど、子どものころに食べたきりの林檎飴が懐かしくなって、食べたくなった。

「あの……。この林檎飴、もうひとつありませんか？」

こんなに大きい飴は桜は食べられないけれど、ひとつしか買わないのもなんだか悪い。夫へのお土産にしようと思って、そうたずねる。

「たしか、あったと思います。在庫を見てまいりますので、少々お待ちください」

孤月さんはうなずいて、レジカウンターの裏に引っ込む。店の奥にある引き戸を開けたときに、背の高い棚が隙間なく置いてある光景が見えた。天井近くまで高さのある、本棚のように扉のない棚にはガラス瓶がずらっと並べてあって、とてもお菓子屋さんの在庫棚とは思えない。

私の視線に気づいた孤月さんは振り返り、目を細めた。

「いけませんよ、覗き見とは」

表情が穏やかなのに、目が笑っていない。もしかして、すごく怒っている？　肌がぞわっと粟立つのを感じた。

「す、すみません」

そこまで怒られるようなことをしただろうか……と疑問に思いつつも素直に謝ると、孤月さんは内緒話をするように口元に人差し指を当てた。

「好奇心は猫をも殺します。ここで見たことは、忘れたほうがいいですよ」

「わ、わかりました……」

もしかして、バックヤードが散らかっているのを見られたくなかったのだろうか。

林檎飴をひとつ持って戻ってきた孤月さんは、店内にあったものと合わせてお会計をしてくれた。夏祭りで買うよりも、ずっとお安い値段だった。

「ありがとうございます。用法・用量に気をつけてお召し上がりください」

＊　＊　＊

なんだか、変な店だったな。

家に帰って、スーパーで買ったものをしまい、ソファに横になっている間ぼうっとしていた。

浮世離れした雰囲気の店主、古びた商店街、着物姿の女の子。まるで、よくできた映画のセットみたいだった。どうやって神社に戻ったのかも、アパートまでの道もあまり記憶にない。私、そんなに動揺していたのだろうか。美形の男性に、あんなふうに注意されたくらいで。三十歳間近の大人として、いや、人妻として恥ずかしい。

クッションを抱えてため息をつくと、携帯電話が鳴り、夫から『帰りが遅くなる』というメールが届いた。ということは、夕飯を食べるまでまだ時間がある。

「食べてみようかな、さっき買った林檎飴」

桜はおとなしくアニメのＤＶＤを見ている。自分も欲しいとだだをこねたら、別のお菓子を与えればいいだろう。

林檎の部分をおおっているビニールを外して、ためしにぺろりとなめてみる。

昔食べた、べっこう飴の味に似ていた。それもそうか、砂糖を溶かしたものに着色料で赤く色をつけているだけなのだから。

でも、そんなシンプルな飴なのになぜだかすごくおいしく感じる。こういうものはお祭り会場で食べるからよいと思っていたのだけど、家で食べてもおいしい。昔の思い出とか、郷愁が呼び起こされるからかもしれない。

飴が薄くなっている部分をかじると、ぱきりという食感が楽しい。林檎に歯を立てると酸味のある果汁が口いっぱいに広がり、飴との相性が抜群だった。

「おいし……」

甘いものをとっただけなのに、疲れがとれたような気がする。おやつひとつでこんなに効果があるなら、『太るかも』と避けていないで好きに間食してもいいのかも。少なくとも、育児が大変な間くらい。

「桜――」

テレビ画面に釘付けになっている桜を見やったそのとき、私は自分の目を疑った。

「えっ……なにこれ」

桜の身体の周りを、赤い光がとりまいている。いや、桜自身が赤く発光している？

「さっ、桜！　大丈夫!?」

あわてて桜を抱きしめると、きょとんとした表情で私を見上げる。

桜のシルエットに沿ったオーラのような赤い光は、さわってみても熱くもなんともなかった。桜も普通にしているし、身体の異常ではないみたいだ。

「じゃあ……」

私の目のほうがおかしくなっているのだろう。こんな症状聞いたことはないけれど、飛蚊症《ひぶんしょう》だってあるのだから視界の一部が赤く見える病気があってもおかしくはない。

ためしに、右目と左目を交互に閉じてみたけれど、見える景色は変わらなかった。視線を動かしても、赤い光は桜の周りにしか見えないのが謎だった。

「まいったな……」

今日はもう眼科は閉まっているから、明日の午前中に診てもらおう。その前に、自然に治ってくれれば楽なんだけど。

桜を連れていかないといけないから、自分のために病院に行くのは面倒に感じる。そんなこと言っている場合じゃないのは、わかっているけれど……。

三十越えたら疲れが取れづらくなるし、いろいろ身体の不調が出てくるよ、と語っていた職場の先輩の言葉を思い出す。そのときは『まあ人によるよね』と流していたのだけど、こんな形で実感するなんて。

桜に先にごはんを食べさせて寝かし付けたあと、夫が帰ってきた。玄関から「ただいまー」と疲れた声がするので、「おかえりー」と返しながら出迎える。

「今日もお疲れさ……ま……」

そのセリフの後半は、かすれて声にならなかった。身体を硬直させて、目を見開く。

スーツ姿の夫が、「ふー」と言いながら革靴を脱いでいる。その背中が、かすかに赤く発光していた。

「な……なんで？」

桜よりも弱々しい光。さっきは気づかなかったけれど、透明な赤い光は林檎飴に似ている。

そういえば――。目がおかしくなったのは、林檎飴を食べた直後だった。

夕暮れのオレンジ色に沈む、妙な雰囲気の商店街とコハク妖菓子店を思い出す。

もしかして、林檎飴のせいでこうなっているの？　いや、まさかね。

「千花、どうした？」

私が無言で突っ立っているので、夫が怪訝な顔をしている。

「な、なんでもない」

病気だったら夫に相談しないといけないのに、なぜか私はとっさに隠してしまった。

「先にお風呂入る？　あ、今日の夕飯はクリームシチューだよ」

とりつくろうように早口で告げる。クリームシチューは、夫の大好物だ。

「え、マジで？　先に食べようかな」

夫が満面の笑みを見せた瞬間、赤い光がぱあっと強くなった。

「……えっ？」

私が再び言葉を失うと、夫がとうとうげんなりした声をだした。

「……なんだよ、さっきから人の顔をじろじろ見て」

「あっ、ごめんなさい。クリームシチュー、あっためるね」

「ん。着替えてくる」

頭をぽりぽりかきながら寝室に向かう夫の後ろ姿を見つめる。さっき一瞬だけ強くなった光は、今は落ち着いていた。

……もし林檎飴のせいでこうなっているのだとしたら、どうして夫と桜で光り方が違うのだろう。

上機嫌でクリームシチューを食べた夫の光はまた強くなり、お風呂に入って寝るまで、光は強いままだった。

次の日。朝になると、夫の光はかすかなものに戻っていた。夫を見送った私は病院に行くのをやめて、桜を連れて外に出てみる。公園に行ってみると、同じアパートのママ友から声をかけられた。ママ友は、昨晩の夫よりもさらにかすかに光っている。公園内を見回してみると、知り合いはほのかに赤く発光していて、話したことがない人は光っていないことに気づいた。

人間全員が光るわけじゃない。知り合いだけで、その光り方に差がある……？

これはいったい、なにを示唆《しさ》しているのだろう。私はもうこの段階で、この現象が病気ではなく林檎飴の引き起こしたものだと確信していた。昨晩夫に渡すはずだった林檎飴も、棚に隠してある。

『普通の飴と違って、中の林檎が見えるのがいいですよね。人の心もそんなふうに透けて見えればいいのに……、そう思いませんか？』

孤月さんのこの言葉が、ヒントな気がする。

そして今日一日桜を観察してみて、わかったことがある。お腹がすいたり、だっこをしてほしいときには、桜の赤い光は強くなる。逆に、叱られたときや、自分の思い通りにならないときは光が弱くなる。

甘えているときに特に強くなる光を見て、もしかしてこの光は『私に対しての愛情度』なのではないかと感じた。知り合いだけが光るのも、人によって光り方が違うのもそういう理由なのではないか。

……そうなると、夫の私に対する愛情は、桜の三分の一くらいのものだということだ。これには、あまり気づきたくなかった。小さい子どもの母に対する愛情は別物だと、わかってはいても。

この日、珍しく早めに帰宅した夫は、心なしか顔がゆるんでいた。そして、コートに茶色の毛がついている。

「これ、動物の毛だよね。どうしたの？」

毛を払うように夫の腕をはたくと、細い毛がパラパラと玄関に落ちた。

「帰りに犬を見つけてなでてきた。一匹で夜道を歩いてたんだ」

夫は動物好きで、特に犬が大好きだ。いつか一軒家を建てて犬を飼いたい、という夢を持っているほどだ。

「え、飼い主さんいなかったの？　野良犬？」

一瞬ドキリとする。野良犬だと、どんな病気を持っているかわからないからだ。

「いや、人懐こかったし飼い犬じゃないかな。毛の手触りもよかったし。暗くて首輪がついているかよく見えなかったけど、大きさ的にたぶん柴犬かなー」

「柴犬……？」

夫のコートから、残った毛をつまみあげる。

薄茶色で、短毛種の柴犬よりも長めの毛。この長さと色は、柴犬というよりまるで――。

「どうした？　なんか昨日もぼうっとしてたけど」

「あ、なんでもない。犬なら私もなでたかったなって思っただけ」

「近くで飼ってるならまた会えるかもな」

私のとっさの言い訳を、夫は疑うことなく笑顔で返した。

……考えすぎか。いくらなんでもこんな街中に狐がいるはずがない。夕闇通り商店街で見たあの女の子の耳としっぽがタヌキっぽかったから、影響されているだけだ。あとは孤月さんも、切れ長の金色の目やしゅっとした輪郭が若干狐っぽい。

でも……よく考えたら、こんな不思議な効果のあるお菓子を売っている店だ。店主が本当に狐でも、おかしくないのではないか？

もし本当にそうだとしたら、私は子どものタヌキが闊歩《かっぽ》する商店街に桜を連れていき、狐が化けた店主からお菓子を買ったことになる。

想像すると、ぞわりと背筋が寒くなった。

「いやいや、ないない」

自分の身体を腕で抱くようにして、つぶやく。妖怪とか、幽霊とか、怖い話は苦手なのだ。このことは、あまり深く考えないようにしよう。『特別な力がありそうなイケメンから不思議なお菓子を買った』。それだけだったら、オカルトではなくメルヘンの範疇なのだから。


赤い光が愛情度だとわかってから、私は夫をよく観察するようになった。そして感じたのは、愛情は一定ではないということ。

平日、疲れて帰ってきたときの光は薄いが、土日は強くなる。私が夫の好物を作ったり、優しくしたときにも光が強くなる。

疲れていると私を気遣う余裕がなく、休める土日は私に関心が向いている、ということだろう。優しくされたら相手を好ましく思うのは、説明の必要がないほど明白だ。

今まで、夫の愛情が目減りしたと考えていたけれど、そうじゃないんだ。だれだって、余裕がないときはある。私が桜の育児でいっぱいいっぱいになっていたのと同じで、夫だって初めての『子どもがいる生活』に順応するので精いっぱいだったんだ。

そして、愛情が一定じゃないなら、私の行動で変えられる。私がもっと、夫に尽くせばいいんだ。

それからは、夫にたくさん光ってもらいたくて、家事をよりがんばるようになった。夫が帰ってきてからはねぎらうような会話を心がけ、休日に桜を連れてショッピングモールに行くときも、夫ひとりの時間を作ってあげる。お酒を飲んで、日付が変わってから帰ってきた日も、文句を言わず笑顔で出迎える。

そんなことを繰り返していたら、夫の赤い光は桜と同じくらいになった。

相手の心が見えたらいいのに。そうしたらもっとうまくコミュニケーションがとれるのに。その願いは叶ったのに、どうしてだろう、胸の中がモヤモヤする。

私は本当に、これで満足なの？　本当の願いは、別にあるんじゃないの？

神社に参拝したときも、自問自答したこと。

……私の本当の願いって、なんだろう。夫も優しくなって、私への愛情も深くなって、これで満足のはずなのに。

日曜日の夕方。私が夕飯の準備をしている間、夫がリビングで桜の相手をしてくれている。実は子どもと遊ぶのは夫のほうが上手なので、桜もうれしそうだ。リビングとつながっているダイニングキッチンまで、きゃっきゃという笑い声が聞こえてくる。

「千花ー。これ、食べていい？」

ネギを切っていると、夫から声がかかった。

「えー、どれー？」

生返事をし、ネギを切り終わってから顔を上げると。

――私の返事を待たなかった夫が、ビニールを外した林檎飴にかぶりついていた。

「だ、ダメっ！」

なんで、どうして？　見つからないように、夫が普段開けない棚の中に隠しておいたのに。

あわてて駆け寄り、制止したのだが遅かった。夫はすでに、口をもぐもぐさせている。手には、くっきりと歯形のついた林檎飴。

私はソファに座っている夫の前で、へなへなと床に座り込む。

「あ、ごめん。ダメだった？　――うわっ！」

夫は私のほうに視線を向けると、目を押さえてのけぞった。

ああ、もう隠しておけない。夫にも、他人からの愛情度が見えるようになってしまったのだ――。効果が切れたときのために、ひとつは残しておきたかったのに。

がっくりと肩を落としたのだが、夫の反応は予想と違っていた。

「な、なんだこれ。目の前が赤い光でなにも見えないんだけど！」

焦った声で叫びながら、両手を目の前でぶんぶんと振る。

「えっ？」

なにも見えない？　人間の姿の周囲が赤く光るのではなくて？

おかしいと思って近づくと、夫はびくりと身体を動かし、手で再び目をおおった。

「うわっ、ますます強くなった！」

これって、もしかして。頭の中をある予感がかすめて、私はすっくと立ち上がった。

「ちょっと待って！　動かないでそのままでいて！」

リビングの端まで移動し、夫からなるべく離れる。

「これでどう？　目から手を離してみて」

夫はおそるおそる手を外すと、「あ、光が弱くなった。周りが見える」とホッとした表情になる。

「千花？　どこだ？」

「こっち。ドアのほう」

きょろきょろと私を捜す夫に声をかけると、驚いたように何度も瞬きをした。

「え……。もしかしてこれ、千花が光ってるのか？　光が強すぎて、姿がまったく見えないけれど……」

「うん……、そうだよ」

私は答えながら泣きそうになっていた。周りが見えなくなるくらい光が強いということは、私の夫に対する愛情度がそれだけ大きいということだ。幼子が母を慕うよりも、ずっとずっと大好きだということ。

「ごめんね、今こんなことになってるの、私のせいなんだ」

「どういうことだ？」

謝罪すると、夫はソファから身を乗り出し眉間に皺を寄せた。

真剣な表情の私たちを見て、桜は人形で遊びながらぽかんとしていた。

私は夫にサングラスをかけてもらって、林檎飴について説明することにした。桜と一緒に不思議な商店街に行ったところから、全部。桜はカーペットの上に座って、録画した子ども番組を見ている。

「そうか……。たしかに、桜も光ってるな。千花の光が強すぎて、そっちに目がいかなかったけれど」

身をもって体験しているからか、こんな突拍子もない話を夫はあっさり信じてくれた。

「この赤い光は、自分に対する愛情が大きいほど強くなるんだよな？」

「う、うん」

「ちなみに、千花には俺の光はどのくらいに見えた？」

「……今で、桜と同じくらい。前はもっと弱かった」

正直に答えると、夫は「そっか……」とため息をついた。

「千花がこんなに光ってるってことは、千花は俺のこと、こんなに好きだってことだよな。サングラスをかけないと、直視できないくらい」

「……うん」

答えながら、私はやっと自分の本当の気持ちに気づいていた。私の本当の願いは、家内安全でも夫の心を知ることでもなく、私がどれだけ夫のことを好きか、夫に知ってもらうことだったんだ。モヤモヤの正体はわかったけれど、まさかこんな形で知られることになるなんて……。

「最近千花が俺に尽くしてくれていたのも、このせいだったんだな。こんなに愛してくれていたことに、気づかなくてごめん。ずっと育児や家事を任せっぱなしにしていたのもごめん」

そう頭を下げたあと、夫は照れくさそうに頬をかいた。

「正直、うれしいんだ。桜が生まれてから、千花の興味は子どもに移っただろ？　付き合いたてのような気持ちは、もうないんだと思ってたから」

もしかして、だから仕事に精を出していたの？　私が桜にかかりっきりで夫をかまわなかったから、家庭に自分の居場所がないと感じていた？

ここ最近夫の光が強くなったのは、私が夫によく話しかけるようになったから。

そういえば夫婦の会話が減ったのは、桜が生まれてからだった。話しかけられてぶっきらぼうに返すのは、夫ではなく私が先だった。

桜がぐずっているときに話しかけられたら、あからさまに不機嫌になっていたかもしれない。

私は夫を責めるばかりで、自分のことを省みていなかった。

「あなたは……、私がこんなに光ってて、重くないの？」

自分勝手に悩んだあげく、こんな怪しい林檎飴を買ってくる妻なんて、面倒くさいに決まっている。

「なんで重いんだよ。妻に好かれてうれしくないはずないだろ」

涙目になりながらたずねたのに、夫はあっけらかんと笑った。

「俺もこれからは、愛情をちゃんと伝えるように努力する。育児や家事も、もっとやるようにするよ。だから千花も、不安や不満に感じることがあったら、俺に教えてくれ」

「う、うん……！」

こんな言葉が夫から聞けるだなんて、思ってもいなかった。視界がぼやけて、涙があふれてくるのを感じる。

「愛してるよ、千花」

「私も、愛してる……」

夫が、私を抱きしめる。私はその胸を借りてわんわん泣いた。大人になってからこんなに泣いたことはないだろうってくらい。

そうして、すっきりして顔を上げたときには、赤い光は消えていた。

「あれ……？　光が消えてる」

私がつぶやくと、夫もサングラスを外した。

「あ、俺もだ」

ふたりで顔を見合わせて、笑い合う。愛してると伝えたのも、こんなふうに抱きしめ合ったのも、いつぶりだろう。林檎飴を食べなかったら、両方、今手にしてはいないものだ。

「その孤月って人、夫婦円満の神様だったのかもなあ」

夫がぽつりとつぶやく。私と同じように考えていたみたいだ。

「ありえるかも」

「俺もその店に行ってみたいな。お礼が言いたいし」

「うん。でも、もうあそこには行けない気がするんだ、なんとなく」

言葉とはうらはらに、それは確信のような思いだった。林檎飴の光が消えたのも、もう私には必要なくなったからだろう。

あのときの私は、自分のことも夫のことも見えていなかった。きっと、自分の眼差しを曇らせずにいる人には、あの店は必要ないものなのだ。そのほうがきっと、幸せなことなんだ。

「千花がそう言うなら、そうなのかもしれないな」

「信じてくれて、ありがとう」

テレビに飽きた桜が、再び抱きしめ合った私たちの間に入ろうと、もぐりこんできた。

「もう、桜ったら」

「いいじゃん。ふたりまとめて、ぎゅー！」

桜がきゃっきゃと喜び、夕暮れのリビングに、三人分の笑い声が響く。

これからは私も、言葉にして夫に愛を伝えよう。そして夫からの愛情が欲しいときも、きちんと言葉で伝えるようにしよう。

こんなに小さな桜だって、愛情が欲しいときは泣いて伝えることができるんだから。

＊　＊　＊

アパートに併設された広めの駐車場。そこに植えられたポプラの木の上に、狐耳の生えた袴姿のシルエットがひとつ。

「千花さんは、お店に来たときは定休日の看板も、商品札も目に入らないくらい視界が狭くなっていましたが……、今は生来の洞察力のよさを取り戻したみたいですね」

アパートの一室の向こう側。レースカーテン越しに、みっつのシルエットが寄り添い、孤月はふっと目を細めた。

「しかし、隠してあった林檎飴を戸棚から出してテーブルに置いたのは、やりすぎでしたかねえ……」

ふさふさのしっぽを動かしながら、孤月はつぶやく。

「動物好きのいい人だったので、珍しい親切をしてしまいました。人間になでられるのは、本当はあんまり好きではないんですけど」

孤月が指をひょいと動かすと、食べかけの林檎飴がその手の中に現れた。

「サンプルはいただいておきますね。私は家族を知りませんが、千花さんがあんなに幸せそうなら、きっといいものなのでしょうね」

まぶしそうな目でアパートの窓を見つめたあと、林檎飴は琥珀で固められる。

そして名残惜しそうに、孤月は姿を消した。

最終話

⛩

さよならの豆大福

新月の夜。孤月は寝室の窓から夜空を眺める。そこには、いつもより深い闇が広がっていた。

「こんな日は、あの人のことを思い出しますね」

布団《ふとん》から這い出た孤月は羽織《はおり》を肩にかけ、窓辺に座って背中を寄りかからせた。今日は寒い。空を見ながら息を吐くと、窓が白く曇った。

「もう、何十年前になるのでしょうか。百年くらいたった気もしますが、人間の時の流れは忘れそうになります」

孤月がまだ、『コハク妖菓子店』を開く前のこと。

それは、この国に西洋文化が定着し始めたころ。街には活気があふれ、人々は流行りに熱狂し、それでもまだ、洋服よりも着物を着ている人のほうが多かった時代の話。

＊＊＊

それは、ついうっかりしてしまったことだった。お腹がすいていたわけでも、その菓子がどうしても食べてみたかったわけでもない。

ただ、神社に供えられていた椿の形の練り切りがなんとなく孤月の目を引いたので、姿を消さぬまま手を伸ばしてしまったのだ。

「あっ、泥棒！」

菓子を手に取ったところで大声が飛んできて、孤月は後ろをゆっくりと振り返った。

「それは神様に供えたものだぞ」

ずかずかと大股で近寄ってきた男はまだ若く、精悍《せいかん》な顔立ちをしていた。背の高さは孤月と同じくらいだが、向こうのほうが筋肉質なぶん大きく見える。身につけているものは、落ち着いた色の着物と羽織だ。

孤月と向き合った青年は一瞬目を見開くと、しげしげと孤月の髪の毛を眺めた。

「……お前、それ、地毛か？　日本語、話せるか？」

「話せますが、なにか？」

問いに返すと、男は焦ったように頭を振った。

「ああいや、すまない。袴姿だったから外国人だとは思わなくて……。このあたりだと、仕事を探すのも大変だろう」

「……はあ」

男の本意がわからず、気の抜けた声で返事をする。

「腹が減っていたんだな。それはほら、一度供えたものだからやれないが、こっちにある菓子だったら持っていっていいぞ」

青年は、持っていた風呂敷包みを開く。そこには手のひらサイズの菓子が何種類も入っていた。

どうも、孤月のことを仕事がない外国人だと勘違いしたようだ。これはもしかして施しを受けているのだろうか、と一拍遅れて気づく。

しかし、「これは、羊羹という菓子だ。こっちは……」と説明している男に、わざわざ否定をするのも面倒だった。

まあ、いいか。この人間とまた会う可能性は低いだろう。

人間と深く関わるつもりも、人間に対して特別な興味も持ち合わせていない孤月は、この場は適当に話を合わせて流すことに決めた。

「食べられないものはあるか？」

「どれも、食べたことがないのでわかりません」

「そうか、そうか。それなら全部持っていけ」

鷹揚《おうよう》にうなずかれ、風呂敷ごと菓子を全部渡された。重くはないが、両手が完全にふさがってしまったので不快だった。

「お前、名前は？」

「孤月です」

「孤月か。名は日本風なんだな」

男はつぶやき、聞いてもいないのに勝手に名乗った。

「俺は古伯彰史《こはくあきふみ》だ。向こうの大通りに、『古伯屋』って和菓子屋があるだろう。そこが俺の家だ」

「彰史さん、ですか」

軍人か警官と言っても通用するような身体つきだが、和菓子屋というのはそんなに力を使う仕事なのだろうか。この繊細な見た目の菓子からは、そこまでは読み取れない。

「孤月は、住まいはどこなんだ？」

「あちらのほうです」

境内の裏あたりを指さす。嘘は言っていない。

「案外近いんだな。それなら話は早い」

と彰史は孤月の肩を片手で叩く。触れられることに慣れていない孤月は、びくりと身体をこわばらせた。

「食うものがないときは店に来い。練習用の菓子でよければ、試食させてやる」

じゃあな、と快活な笑顔を見せ、彰史は足早に神社から去っていく。

「……なんだか、盛大に誤解をされていきましたね。早とちりなだけで、悪い人ではないようですが」

孤月はふう、とため息をつく。短い時間話しただけだったのに、なんだかごっそり体力を持っていかれた気がする。ああいう活力にあふれた人間は、苦手だ。

菓子をここに置いていくと彰史に見つかりそうなので、仕方なく持ち帰ることにした。

神社の境内の裏に、普通の人間には見えない道がある。夕闇通り商店街——孤月の住まいにつながる道だ。

夕暮れの道を、商店街の奥に向かって歩く。様々な商店が並んではいるが、人影はひとつもなく、暖簾《のれん》を上げている店も少ない。もともとここの住人は、マジメに商売しようとする気などないのだ。孤月もここに住居をかまえてだいぶたつが、どうやって生計を立てようか決めかねていた。働かなくても生きてはいけるので、労働意欲は薄い。それは、あやかし全般に言えることだった。

現世と幽世の狭間、かくりよ町の果てにあるこの商店街には、はぐれ者のあやかししかいない。変わり者だったり、孤月のように半妖で、力が不安定だったり。つまはじきにされ、町の中心部では生きていけない者たちの寄せ集めだ。

そんな場所だから、わざわざ訪れようとするあやかしはめったにおらず、客が来ない。たまに、迷い込んだようにやってくる人間はいるが、積極的に関わろうとする者はいない。

孤月はたいくつしのぎに人間界に出かけることもあるが、ここから出ようとしない者がほとんどだった。

「ただぼうっと緩慢《かんまん》に生きて、たまに暇をつぶせるくらいでちょうどいいんですがね……」

すでに生きることに飽いている孤月は、足を止めてため息をつく。商店街の突き当たり、もとはなんらかの店舗だったここが、孤月の住居だった。家主がいなくなってしばらくたつそうなので、問題ないだろうと勝手に譲り受けることに決めた。

「人間に生まれていたら、人生なんて一瞬ですんだのですが。どうして私は半妖なのでしょうね……」

半分妖狐で、半分人間。そのせいか孤月は、かくりよ町にも人間界にも自分がなじめないと感じていた。どこにも属さない半端者。クラゲのように、ただふらふらと流されるだけの存在。それが自分だと。

物心ついたときにはひとりで生きていたので、孤月は親の顔を知らない。おそらく捨てられたのだと思っている。半妖の子など、育てたくなかったのだろう。

「今日会ったあの人は、私と正反対の人間でしたね。ああいった人間には目標がちゃんとあって、不安定になることもないのでしょう。ここことは無縁ですね」

殺風景な寝室に、ぽつんと置かれた風呂敷包み。食べないことにはなくならないので、仕方なく手を伸ばしてみる。

孤月が神社で手に取った、椿の練り切りと同じ菓子もある。今が冬だから椿なのだろうか。菓子が季節を模すものだというのも、知らなかった。

小さな箱から出して指でつまんでみると、意外にやわらかかった。このまま握りつぶせそうである。

「こんなに精巧にできているのに壊れやすいのですか。これは難儀ですね」

そうっと一口だけかじってみると、あんこの上品な甘さが口の中に広がる。

「甘いです。でも、これは……」

嫌な甘さではなかった。ひとつ食べきってみたけれど、ほかの菓子も食べたくてうずうずする。

結局、その夜孤月は、練り切りと栗羊羹、鹿ノ子を口にして眠りに落ちた。

＊　＊　＊

数日後。夕闇通り商店街をぶらぶらと歩いていた孤月は、風呂敷包みを抱え、きょろきょろと物珍しそうに周囲を見回している彰史と出くわした。

「お、孤月じゃないか」

「な、なんであなたがここにいるのですか……！」

彰史はのほほんとした表情で片手を上げる。焦って駆け寄る孤月の表情には気づいていないようだ。

「なんでって。お前の住処が神社の裏だというから、捜してきたんじゃないか。びっくりしたぞ、こんなところに商店街なんてあったんだな。読めない文字の暖簾も見かけたし、赤い提灯も珍しいな。住んでいるのは外国人が多いのか？」

「いや、そうじゃなくて、ここは……！」

かくりよ町には、普通の人間は入れない。生き霊か、もしくは心に悩みを抱え存在が不安定になっている人間にのみ、人間界につながった道が見える。

「ここは、なんだ？」

「あなたが来るような場所ではないんですよ」

自分が不安定になるほどの悩みを抱える人間ではないと思っていた。油断した。住んでいるところなんて、軽率に教えなければよかった。

「治安が悪いってことか？　大丈夫だ。俺はこう見えて腕っぷしも強いからな」

「こう見えてというか、見たままですけどね」

むしろこの男が繊細な菓子を作っているというほうが意外だ。

「早く帰ってください。人間の相手をするのは面倒なんですよ」

ここに長くいると、ほかのあやかしにも会ってしまうかもしれない。ほぼ引きこもっている連中だから危険はないと思うが……。この場所があやかしの町だとバレると、いろいろとまずいことになりそうだ。

しっしっ、と追い払うような動作をすると、彰史は眉を悲しそうに下げた。

「わざわざ会いにきたのに冷たいな。せっかく菓子も持ってきたのに」

「菓子……ですか?」

その言葉に、消している狐耳がぴくりと動いた。

先日渡された菓子は、すべて食べてしまったのだ。実はあの味が恋しくなっていたなんて口が裂けても言えないが。

「食べただろう、菓子」

「まあ、食べましたが……」

「うまかっただろう?」

「まあ、そうですね」

仕方なく同意すると、彰史はにやりと微笑む。

「じゃあ、孤月の家に上げてくれてもいいよな? 茶ぐらい出してくれるだろう?」

「……仕方ありませんね」

うまいことのせられてしまったが、菓子がもらえるなら背に腹は代えられない。

彰史を裏口から部屋に通す。店舗スペースが広いので、部屋は一室しかないのだ。客間も寝室も全部一緒だ。

「ずいぶん殺風景だな。文机《ふづくえ》も、ちゃぶ台もないのか？」

座布団もないので、彰史は畳の上に直接あぐらをかいた。

「必要ないですから」

八畳の寝室にはなにも家具を置いていない。寝るときにだけ、押し入れから布団を出して敷く。物が部屋に増えるのが、あまり好きではないのだ。所有物が増えること自体、縛られるようで居心地が悪い。

盆に載せた急須と湯飲みを、畳の上に置く。

「茶を淹れる道具はあるのだな、安心した」

「私だって、お茶くらいは飲みますから」

ふたつの湯飲みに緑茶を注ぐ。作法など知らないから茶葉の量は適当だ。孤月に飲めているのだから、まずくて飲めないということはないだろう。

「お茶があったほうが和菓子はうまいからな。ほら、今日は新作も持ってきた」

彰史が風呂敷包みを開き、中に入っていた白っぽい菓子をつまみ出す。

丸くてころんとしたその菓子には、耳と目と口が描いてあった。

「……なんですかこれは。うさぎ？」

「雪うさぎを模した菓子だ。かわいいだろう」

「……そうですね」

「味もいいんだぞ。食え」

すすめられるがままに、彰史の持ってきた菓子をどんどん口にする。

お茶をすすりながら見ていた彰史は、「いい食いっぷりだな」とうれしそうだ。

ひとどおり食べ終え、孤月がお茶でひと息つくと、彰史が身を乗り出してたずねてきた。「今まで食べた菓子の中で、どれが好きだった？」目が輝いて、表情も生き生きしている。この男は本当に菓子が好きなのだろう。

「見た目ですと椿のものかうさぎですが、味と食感ですと今日いただいたこれですね」

孤月は、菓子の入っていた箱を指さす。

丸めたあんこの周りに、色や大きさが違う様々な豆がついていた。先日食べた鹿ノ子に似ているが、あれは黒一色なので違う菓子なのだろう。

「豆鹿ノ子か。これは、小豆だけでなくいろんな種類の豆を使っているから、食感も楽しいだろう」

「そうですね」

甘みも控えめで、これは毎日食べても飽きないだろうなと感じた。

「孤月は案外、かわいらしい見た目のものが好きなんだな」

彰史が、にやにやしながら肩を叩いてくる。孤月は、眉間に皺を寄せてその手を払った。

「……うるさいですね。あまりなれなれしいと追い出しますよ」

「照れるな照れるな。見た目というのは菓子の要素の中でも重要なひとつなんだぞ」

こちらが不機嫌な顔をしても気にすることなく肩を組んでくる。この男は本当に悩みを抱えているのだろうか。どう見ても脳天気な菓子馬鹿である。

孤月は、彰史が今日夕闇通り商店街に入れたのはなにかの間違いではないかと考え始めた。


「じゃあな、また来る」

菓子を食べ終えたあとは彰史が終始しゃべり、孤月は適当に相づちを打って聞いていた。そして、日も暮れてからようやく彰史は腰を上げた。

「……どうして今日、わざわざ来てくれたんですか。家だってどこにあるかわからないし、やみくもに歩いても私に会える保証はないのに」

裏口まで見送り、気になっていたことをたずねてみた。質問してみようと思うくらいには、今日一日でこの男に少しだけ興味が湧いたのかもしれない。

「そりゃあ、友人が心配だったからな」

「……友人？　だれがですか？」

「はあ？　そんなの、お前しかいないだろうよ。孤月」

思ってもいなかったセリフに、返す言葉もなく硬直していた。

友人？　たった一度、神社の境内で言葉を交わしただけの相手を友人だと、この男は言うのか。その友人のために、わざわざ菓子を持って家を捜していたというのか。

人間について詳しいわけではない。でも孤月にも、彰史が度を超えたお人好しだということはわかった。

「もしかして、今まで友人がいなかったのか？」

「……そう呼ぶような相手はいませんでしたね」

「そうか……。苦労してきたんだな。これからは大丈夫だぞ。俺がいつでも力になってやる」

またなにか誤解をさせてしまったようだ。彰史は、同情と使命感のまじったような表情で孤月の両肩に手を置いた。

「けっこうです。ここにも、もう来ないでくださいね」

そう言い放ち、孤月は裏口の戸を閉める。

「そんなに気を遣うなって。また来るからな」

気を害した様子もない快活な声が、戸の向こうから響いてきた。

「……しぶとい人ですね」

彰史が去ったあと、孤月はため息をつく。どうしたらあの男を遠ざけることができるのか、孤月にはわからなかった。

でもどうせ、彰史がここを再度訪れることはないだろう。あのような、不安定さのカケラもないような人間がここに来られたのは、なにかの間違いなのだから。


そう考えていたのに、その後も何度も、彰史は孤月の家にやってきた。毎回、大量の和菓子を持って。

「俺は古伯屋の次男坊なんだ。店は兄が継ぐことに決まっているから、俺は職人として店を支えていきたいと思っている」

「父は長年菓子を作ってきている。俺も追いつきたくて、休みの日や店が終わったあとに菓子作りの練習をしているんだ。孤月に持ってきているのは俺が手習いに作った菓子だ。店には出せないから、食べてもらえて助かっている」

「あの神社は、商売繁盛に御利益があるんだ。菓子がうまく作れたときは、供えてお参りするようにしていた」

毎回、そのような身の上話をしていくので、彰史の家庭事情に詳しくなってしまった。その上、持ってきた菓子のうんちくまで聞かされ、菓子の知識ばかり増えていく。

もう、遠ざけようとするほうが面倒になって、放っておくことに決めた。そのうち彰史に恋人でもできれば、孤月をかまうのにも飽きるだろう。こんな一方的な友人関係なんて、長く続くわけがない。

自分が彰史を拒めずにいることに理由をつければ、矜持が崩れずにすむ気がした。

「孤月は、この商店街でなにか店をやらないのか？　それだけ日本語ができるのだから、商売もできるだろう」

彰史の遠慮のなさにも慣れてきたころ、そうたずねられた。

「面倒です」

そう答えておしまいにしようと思ったのに、彰史はなおも食い下がってくる。

「しかし、この家は店舗用だろう。ただ住んでいるだけではもったいない。なにかないのか？　どういう店がいいとか」

「そうですねえ……」

一応、真剣に考えるふりをする。しかし、身近な商売といったら孤月にはひとつしかない。

「……やるなら、菓子屋がいいですね」

うんちくを聞かされながら彰史の菓子を食べているうちに、だんだんと和菓子に興味が湧いてきたのはたしかだ。

だが、それをうっかりこぼしてしまったのが運の尽きだった。

「そうか、菓子屋か！」

ハッとしたときにはもう、彰史は満面の笑みを浮かべていた。

「それなら、俺でも力になれるな！　なんだ、それならそうと早く言ってくればいいものを！」

つばを飛ばしながら、孤月の肩を豪快にばんばんと叩く。

「やるなら、と言っただけでやるとは言っていません。それと、痛いです」

ぱしんと手の甲をはたき返したのだが、彰史には効いていないし、こちらの話も聞いていない。

「いや、始めるなら早いほうがいい。よし、俺は準備することがあるからいったん帰る。次の定休日にまた来るからな」

「準備ってなにを……」

孤月の問いは届かないまま、彰史はどすどすと部屋を出ていった。

「なんだか、嫌な予感がします」

孤月は、羽織の前をあわせて身震いした。彰史に出会ってから、悪いほうの予感ばかり当たっている気がする。

「孤月、台所はどこだ」

数日後、彰史は大きな風呂敷包みを背中に背負って現れた。隙間から鍋の蓋が見えているし、棒のようなものもはみ出ている。おまけに、両手にも包みが下がっている。

「……ずいぶん、大荷物ですね」

「ああ。道具を持ってきたからな。で、台所は？　まさかないのか？」

ない、と言っても家捜しされるだろう。孤月は額を押さえてため息をつき、しぶしぶ台所に案内した。かまどと流し台、調理台があり、家の大きさを考えると割合広い。以前の店舗が台所を使うような商いをしていたのかもしれない。

「おお、案外立派だな。これならなんとかなるか。あんこは炊いたのを持ってきたしな」

彰史は背中の風呂敷包みをぽんぽんと叩く。

背中の大鍋の中身はあんこだというのか。鍋ごとあんこを持ってくるとなると、ただ食べさせたいわけではないだろう。まさか……。

「……今日はいったい、なにをなさるおつもりなんですか」

「うむ。孤月に、和菓子の作り方を教えようと思ってな」

最悪の予想が当たってしまった。まったく、彰史という男はどこまでお節介なんだ。

「頼んでいません」

「しかし、和菓子店をやりたいと言っただろう」

「だから、言っていません」

「いや、たしかに聞いた」

しばらく押し問答したあと、孤月が根負けした。そもそも、ずうずうしくて遠慮のないこの男に勝てる見込みなどなかったのだが。

「……わかりました。でも、向いていなかったらすぐやめますからね」

料理なんてしたことがない、お茶くらいしか淹れたことがない孤月にできるなんて思えない。さんざんな腕前を見せて、指導をあきらめさせる方向に持っていこうか。

「大丈夫だ。孤月は和菓子作りに向いている」

本人が無理だと思っているのに、彰史は自信満々にそう言い放った。

「なにを根拠に……」

「和菓子をうまいと思っただろう。それが一番の素質だ」

なにも言い返せず、口をつぐんでしまう。今までだれかに褒められたことなんてなかったから、戸惑ったのかもしれない。

だけども、一瞬だけ感じた胸のあたたかさはなんだろう。気持ちが高揚するような、自分でもなにかを成すことができると信じられるような、妙な気分になった。

「……ぞわぞわして落ち着かない」

つぶやき、羽織の上から胸をつかんだときには、その余韻も消えていた。

「どうした？　さっそく準備するぞ」

彰史はたすき掛けをして着物の袖を留めている。お前もやれ、と紐を渡されたので、見よう見まねで同じようにした。

「うまいじゃないか。手を洗ったら、今日は包《ほう》あんからやるか」

重箱の中には、色付けされた白あんが詰められていた。

「包あんは基本だからな。練り切りはもちろん、まんじゅうも大福もこれができないと話にならない。俺が手本を見せるから、続けてやってみろ」

あんこを丸めて、その周りを白あんで包むだけだと思ったが、やってみると意外に難しい。できたと思って切ってみると、白あんと中のあんこが分離しているのだ。彰史の菓子を食べたときは、あんこと白あんの境目に隙間なんてなかった。

「手の脂がつくとこうなるんだ。もっと手早く、少ない手順で包まないといけない。寿司の握りと同じだな」

寿司のことはわからないが、これが職人芸だということはわかった。菓子の種類ごとに、また難しい細工も加わってくるのだろう。あれだけの種類の菓子を作れる彰史のことを、今初めて尊敬した。

「菓子作りは一朝一夕で身につくものではないでしょう。そろそろあきらめたらどうですか？」

何個かあんこのかたまりを無駄にしたあと、孤月は手を止めて彰史を挑発した。

「最初から今日一日でうまくいくとは思っていない。むしろ想像より筋がいいくらいだぞ」

「……は？　どういう意味ですか？」

　ぴくり、と口元が引きつる。

「長期的な計画、という意味だ。これから定休日と、俺の予定があいている夜は毎日練習だ。ああ、俺のことは気にしないでいい。こうして教えることが俺の勉強にもなるからな」

「……私はこれから、毎晩あなたに拘束されるのですか？」

　苦虫をかみつぶしたような顔を向けたのに、彰史は大らかに微笑んだまま表情を変えない。

「どうせ暇なんだろう？　大丈夫だ、一生懸命やればすぐに身につく」

「嫌だと言っても、無駄なのでしょうね……」

　暇だというのは当たっている。知り合いもいないし、やりたいこともない。悪質なあやかしのように、人間を襲ったりからかったりしたいという欲もない。どうせ暇つぶしに生きているだけなのだから、なにをしていても同じじか。

「わかりました。ただ、私にも予定というものはあります。来るなと言った日には来ないでくださいね」

新月と満月の日。その日だけは避けなければいけない。妖力が不安定になるので、耳やしっぽが隠せなくなる。

あやかしだとわかれば彰史も離れていくと思うが、人間たちの間で広まると面倒だ。あやかしを退治しようとする者も、過去にはいた。いちいち相手にするのは疲れる。

「わかった。そんな野暮なことはしないさ」

この男に〝野暮〟という感覚があったのかと、孤月は驚き半分、あきれ半分で彰史を見つめた。

＊＊＊

それから、ほぼ毎晩、定休日は一日中、和菓子作りの特訓に費やすはめになった。

包あんのほかにも、練り切りの成形、羊羹やまんじゅう、最中の作り方も教わった。道具は彰史のほうで予備を買ったのか、ひとそろい孤月の家に置いておくようになった。

意外だったのは、こんぺいとうや練り飴、キャラメルといった駄菓子も、『古伯屋』には置いてあるということだ。やはり和菓子は値段が張るので、小遣いの少ない子どもでも気軽に買いにこられるように、という配慮らしかった。

「小遣い握りしめて来ていた子どもが、大人になったら和菓子を買いにきてくれるんだ。お得意様を育てる手段としては、いいだろう？」

というのは彰史の談だ。そういった駄菓子の作り方まで、彰史は教えてくれた。

こんぺいとうを作るのに二週間もかかるとは驚いた。

どれも和菓子に比べると甘すぎるし上品さもないが、手軽さと小ささがいいと思った。いくつも入っているのに、いつの間にか食べきってしまう魔力がある。

そして、冬が終わるころには、「そろそろあんこ炊きも教えるか」と彰史が言い出すほど、孤月の覚えは早かった。意外と手先が器用で、細かい作業が嫌いではないことを、孤月は自分でも初めて知った。

「孤月、神社の近くの桜が満開だぞ。見にいかないか？」

春らしい、淡い抹茶色の着物を着た彰史が、その日は頭に桜の花びらをつけて現れた。

「私はいいです。どうせ毎年咲くんですから」

「毎年というが、一年に少しの間しか見られないんだぞ？　変わったやつだな」

孤月の見た目は二十代半ばくらいだが、実際の年齢はそうではない。おそらく彰史の曾祖父よりも、生まれたのは早いはずだ。そして、それ以上の年月をこれからも生きてゆく。毎年必ず見られるものに興味が湧かないのは当然だった。

「しかし、商売をやるとしたら接客も必要になってくるな。孤月は言葉遣いは丁寧だが、愛想がないから厳しいかもしれないな。なんというか、感情が乏しい感じを受けるからなあ」

桜の形の練り切りを成形しながら、彰史が眉根を寄せる。

「当たりですよ。私は感情というものに乏しいです」

「なんだ、自分でわかっているのか。それなら治せるな」

「無理ですよ」

感情というものがよくわからないのだ。人間がよく、泣いたり、怒ったり、笑ったりしているのも理解できない。形だけの笑顔を作ることはできるが、それだけだ。表情が動くほどの強い感情を抱いたことがない。

「人付き合いを増やすというのは難しいだろう？　だったら、人間観察でもしてみたらどうだ」

「観察……ですか。観察でなんとかなるものですかねえ……」

それで感情が豊かになるなら、彰史に出会ったことでなにか変わっていないとおかしいはずなのだが。

「ああ、そうだ。明日は来ないでくださいね。予定があります」

忘れないうちに、彰史に告げておく。

新月が近づくにつれ、妖力が不安定になるのを感じていた。しかし、当日の気持ち悪さはこの比ではない。生まれたばかりのころは狐の姿に変わって、夜通し吐いたり、うなされたりしていたものだ。今ではもう少しうまくやり過ごせるようにはなったが、一日中床についているのは変わらない。

「……この前、お前が来ないでくれと言った日を振り返ってみたんだ。月に二回、それも等間隔で言われていると気づいてな」

彰史は手を止め、孤月の横顔を見つめた。

――この男、馬鹿なだけかと思っていたら意外と勘がいい。

孤月も手を止め、迎え撃つように彰史を見据えた。

「暦を確認したら、すべて新月と満月の日だった。いったいなんの予定なんだ？」

「さあ。なんでしょう。あなたに教える義理はありません」

はぐらかしても無駄だった。彰史は孤月から目を逸らさないまま、顔をこわばらせた。

「前から不思議だったんだ。働いている様子もないのに、どうやって飯を食っているのかと」

「なにが言いたいんです？」

人間ほど食事の必要がないから、お金がなくても生きていけるだけだ。いざとなれば、狐の姿になって野兎や野鳥を狩ればいい。

「お前は綺麗な外見をしているな。まさか、身を売っているのではあるまい？　女の身体は、月の満ち欠けに影響されると聞いたことがある」

くっ、とあざ笑うような声が孤月から漏れた。

「男娼ですか。そんなこと、考えただけで虫唾《むしず》が走ります」

わざと目を細めて口角を上げ、軽蔑たっぷりに言い放つ。

「じゃあ、なぜ新月と満月なんだ」

「……嫌いなんですよ、新月と満月が。その日はだれとも会いたくないし、外にも出たくない。それだけです」

孤月はたすきを外すと、紐を乱暴に調理台に置いた。

「今日はもう、帰ってくれますか」

彰史はハッとした顔をすると、言い返さずにうつむいた。

「——詮索して、悪かった」

ずうずうしいはずのこの男が、素直に帰っていく。背中を丸めたその後ろ姿が、しょげた犬のように見えた。耳もしっぽもないはずなのに、おかしい話だ。

これだけキツく言っておけば、おかしな気を起こすこともあるまいと、そう思っていたのに。


次の晩。孤月が布団に寝ていると、コンコンと寝室の窓を叩く音がする。ためらいがちなその音で、だれなのかわかってしまった。ほかに訪ねてくる者もいないのだが。

「……あなたですか？」

念のため、窓から見えないようにして起き上がり、外に向かって声をかける。案の定、彰史の声がした。

「開けなくていい。具合が悪くなっているときの姿を見られたくないんだろう？」

孤月は、隠せなくなっている狐耳に手をやる。……どうしてわかったのだろう。

「裏口の扉のところに、食い物を置いておいたから。孤月は普段、和菓子しか食べていないだろう。病気のときは消化しやすいものがいいと思ったから、粥を……。あとは、甘酒だ。甘いものも欲しいだろう？」

彰史の声には、気遣うような響きがあった。

「なにかと思えば、本当に、余計なことを……」

ため息まじりの孤月のつぶやきは、彰史まで届かなかったらしい。

「じゃあ、帰るから。食ったらよく寝るんだぞ」

走り去っていく草履の音がする。

裏口の扉をそっと開けると、足下にまだあたたかい風呂敷包みがあった。蓋のついた弁当箱には粥、水筒には甘酒。ご丁寧に匙までついていた。

作ってすぐ、持ってきたというのか。こんな新月の暗い夜に。

「病気ではないのですから、ものを食べてよくなるわけではないんですけどね……」

ただ、あたたかい食べ物がさめていくのをそのままにしておくのは、罪悪感がある。

仕方なく匙をとって口に運ぶと、塩気がちょうどよかった。

「なにか入っていますね……。かぶと、よもぎでしょうか」

かぶのしゃきしゃきした食感と、よもぎの苦みがあって飽きない。しかもよもぎというのは、薬草ではなかっただろうか。彰史はそこまで気を回したのか。

粥を食べ尽くすころには、孤月のお腹はぽかぽかとあたたまっていた。

「不思議ですね。妖力には関係ないはずなのに、なんとなく身体が楽になった気がします」

とろとろと眠くなったので、甘酒を一杯だけ飲んでまた横になる。そのあとは、途中で起きてうなされることもなく、朝までぐっすり眠れた。


次の日になると、彰史はなにごともなかったかのように訪ねてきたので、孤月もなにも言わずに、洗った弁当箱と水筒、匙を置いておいた。キレイになっている中身を見て彰史が笑みをこぼしたのだけ、横目でうかがった。

それで気をよくしたのか、新月と満月の日になると、彰史は黙って粥を置いていくようになった。彰史の歩き方はやかましいので、足音でいちいち起きてしまう。それでも孤月が文句を言わなかったのは、粥を食べると不思議と具合がよくなるからだった。

「人間の作った食べ物に、妖力を安定させる効果でもあるんでしょうか。……いや、今までそんな話は聞いたことがありませんね。ならばよもぎでしょうか」

原因がわからないのはむずむずするので、わざとよもぎをよけて食べてみたこともあった。しかし効果は今までと変わらなかったので、謎は深まるばかりだ。


いつも通りの毎日に影が差したのは、春が終わってひぐらしが鳴き始めたころだ。

古伯屋は定休日なので、その日は昼から彰史が来る予定だった。しかし約束の時間をかなり過ぎたころやって来たのは、見たこともない坊主頭の青年だった。

「あ、あの。孤月さんとはあなたで間違いないでしょうか」

「……そうですが、だれですか？」

「彰史坊ちゃんの使いです。あの、坊ちゃんは事故にあって脚を怪我しまして……。歩けないので、しばらくこちらにはうかがえないそうです」

彰史の家で下働きしている者が、孤月の家まで伝言に来たらしい。老舗の和菓子屋が裕福なこと、彰史が〝坊ちゃん〟と呼ばれるような存在だったことを初めて知った。

「そうですか。わざわざどうも」

駄賃をやると、青年は頭を下げて帰っていった。普通の人間は夕闇通り商店街に来られないはずだから、あの青年も悩みによって存在が不安定になっているのだろう。人間は見た目ではわからないものだ。

「それにしても、事故ですか。命に別状はないらしいので放っておいてもいいんですが、さて、どうしましょう」

急に丸一日暇になると、かえって落ち着かないものである。孤月は〝なんとなく気が向いたから暇つぶしのために〟久しぶりに大通りまで足を運んでみることにした。

人々の装いは初夏らしい涼しげなものに変わり、にぎやかに談笑しながら通りを行き交っている。この大通りは、ここが城下町だったころから活気のある界隈なのだ。

通りのどこかに古伯屋があるらしい。気にして歩いたことがないから迷うかと思ったが、大きくて客の入りも多く、商店の中でもひときわ目立っていたので楽に見つけることができた。

初めて見た古伯屋は、なるほどと納得するような店構えだった。屋号が書いてある一枚板の看板は年季が入っていて、老舗の貫禄を感じさせる。店の奥に見える屋敷が彰史の住まいだろうか。両開きの扉がついた門があるので、こっそり入ったらとがめられそうだ。

「かといって、正式に訪問するのは面倒ですしね……」

そのまま帰ってしまおうとも思ったが、ここまで来た労力が無駄になるので、姿を消して中にお邪魔することにした。

妖力で扉の閂《かんぬき》を外して門を開け、隙間を作って中にすべり込む。

「これはなかなか立派なお屋敷ですねえ」

庭は広く、池には鯉が泳いでいる。松の木は庭師がちょうど剪定をしているところだった。

「あの人にお坊ちゃんらしさはないから、いまいちピンときませんが」

しかし言われてみれば、あの警戒心のなさやずいずいと距離を詰めてくるところが世間知らず特有の甘さなのかもしれない。甘やかされて生きてきた者は他人にも甘いのだ。孤月とは逆だ。

「さて、あの人の部屋はどこでしょう」

部屋を捜しても見舞うわけではない。姿を消したまま、こっそり様子をうかがうだけだ。

外側の窓を順番に見て回っていると、洋間に寝台が置かれ、そこに横たわっている彰史の姿が見えた。脚は包帯でぐるぐる巻きにされ、紐で吊り下げられている。怪我と聞いて予想していたものよりは重傷だ。彰史は、目は閉じているものの眉間に皺が寄っているし、顔色も悪い。

このように弱っている姿は見たことがなかったため、しげしげと観察していると、彰史のまぶたが開いた。

「――孤月か？」

驚いたことに、窓の外に向かってそう呼びかけられた。

孤月は目を見開きながらも、姿を現して窓を開ける。鍵はかかっていなかった。

「どうしてわかったんです？」

窓枠をまたいで土足のまま部屋に上がり込んだが、彰史はとがめなかった。

「気配だな。それより、わざわざ見舞いに来てくれたんだな」

「たまたま近くを通りかかっただけです」

目を逸らしてそう答えたが、彰史は信じていないだろう。顔をゆるめながら、「まあ、座れ」と椅子をすすめてくれた。

「事故とお聞きしましたが、なにがあったんです?」

寝台から上半身だけ起こした彰史にたずねる。

「うむ。うっかり馬車にぶつかった。轢《ひ》かれたわけではないし、脚の痛みもたいしたことはないんだがな……。しばらくは安静にしているように言われた。最近あぶない目にばかりあっていたから、心配されているんだろうな」

「……あぶない目? どういうことですか?」

彰史はさらっと打ち明けたが、そんな話は聞いていない。

「今日みたいに馬車に轢かれかけたこともあれば、橋から落ちそうになったこともあったな。あとは、鍋が上から降ってきたのを、すんでのところでよけたり。まあ、よくあることだろ」

だれかに狙われているのかとヒヤッとしたところ、おっちょこちょいというような事件だったので気が抜けた。

「あなたは注意力が散漫なのですか?」

「いや、たまたま鼻緒が切れた瞬間に暴走した馬車が突っ込んできたり、人にぶつかった拍子に体勢を崩して橋の欄干に乗り出したり、運が悪かったんだ」

「それだけ聞くと、たしかにそうですが……」

不運が重なる場合、なにかしらの原因があるものだ。厄病神につかれていたり、狐やタヌキにいたずらされていたり。知らないうちにだれかの恨みをかって、怨念がついているということもある。

孤月は耳としっぽが出ない程度に妖力を解放し、彰史の周囲の気配を調べてみた。

「……これは……」

めまいがする。知らず知らずのうちに目を細めて、険しい顔をしていた。

「どうした、孤月。顔色が悪いぞ」

「……私はもう、帰ります」

彰史の顔が見られず、後ろを向いたまま答える。

「そうか。わざわざ悪かったな。脚はすぐに治すから、和菓子の練習はそれまで待っていてくれ」

「わかりました」

来たときと同じように窓から出て、姿を消して古伯家をあとにする。

――さっき見た、あれは――。

夕闇通り商店街に戻りながら、先ほどの光景を反芻する。

不安定だった彰史の存在が、彼岸に傾いていた。半分、死者になりかけているのだ。

「そんな状態だったら、死に引っ張られるのは当たり前でしょう……！」

もどかしくてイライラして、手近にあった商店の壁を殴ってしまった。陰から見ていたタヌキの女の子がびっくりして逃げていく。

知らなかった。不安定になっている人間をそのままにしておいたら、徐々に彼岸に引き込まれていくなんて。

今まで気づかなかった自分が悔やまれる。彰史を放っておいたら、近いうちに死ぬ。

それを避けるためには、不安定になっている理由、悩みの原因を取り除かなければいけない。

「面倒なことになりましたね……」

安静にしているからといって安心はできない。家の中にだって危険はひそんでいる。今の彰史だったら、転んだ拍子に机の角に頭をぶつけたり、餅を喉につまらせたって死ぬかもしれないのだ。

助けるには、早めに行動を起こさなければ。

孤月は次の日から、姿を消して古伯家に潜入し、家族や使用人たちの会話を盗み聞きすることにした。彰史に直接たずねても、悩み自体に気づいていない可能性が高い。だったら、第三者の会話の断片からヒントをつかみとれれば……と思ったのだが、これが正解だった。

店の従業員の会話から、彰史は本当は店を継ぎたかったという事実が判明した。もともと、和菓子作りの腕は兄よりも彰史のほうが上だった。なので、長男は彰史に古伯屋を継いでもらうことにし、自分はほかの商売をやっている家に奉公に出ていたらしい。

しかし、そこでの人間関係がうまくいかなかった。戻ってきた兄は奉公先での不満を家族にぶつけ、『やはり長男である俺が家を継ぐべきだ』と主張しだす。

争いごとが苦手な彰史はそれを了承し、自分は下働きの職人でいい、と身を引いた——。

これが、孤月の知った跡目争いの一部始終だ。

「富や名誉に執着し、資産を持つからこういうことになるんです。人間は欲深い」

しかし、彰史が家を継ぎたいというのは、富や名誉が欲しいからではないだろう。

長男は経営だけでなく、店に並べる菓子の種類にまで口を出してくるようになり、彰史や職人たちは今までのようにのびのびと菓子を作ることができなくなっているらしい。

孤月の家で菓子作りを教えていたときは、あんなに楽しそうだったのに。

菓子作りを教えると言い出したのも、店で自由に菓子を作れないもどかしさを解消するためだったのかもしれない。

「なにか、彰史の本音を引き出す方法があればいいのですが……」

いい方法がないかと、姿を消したまま古伯屋の店内をうろうろしていると、栗最中が目に入った。

そうだ。例えば、菓子に妖力を込めて特殊な効果を持たせるのはどうだろう。孤月は半妖なので、妖力も弱いし万能ではない。しかし、菓子と絡めて効果に意味を持たせれば、力を増幅できるかもしれない。

栗最中だったら、ちょうど本音を引き出す菓子が作れそうだ。栗は隠れているのに本音は〝かくせない〟なんておもしろいではないか。

ほかにも、菓子を見ていくつかアイディアが思いつく。

「さっそく、家に戻って作ってみましょう」

彰史の指導なしに、まるまるひとりで作るのは初めてだったが、孤月にはうまくできる自信があった。冬から初夏までの数ヶ月、ふたりで作った菓子ばかりを食べ続けてきたのだから。

「孤月、どうしたんだ。また見舞いに来てくれたのか？」

数日後、孤月は完成した菓子を持って彰史の部屋を訪れた。もちろん窓からである。彰史は驚きつつも、沈んでいた表情を明るくして喜んでくれた。

二度目である彰史の部屋を観察する。先日と変わっているのは、彰史の着ている寝間着くらいだろうか。ほかは、脚に巻かれた包帯といい、吊られたままの体勢といい、まったく同じだった。この状態では生活もままならないだろうが、食事や着替えは使用人が世話をしているのだろう。

「ええ。今日はちゃんと、お見舞い品も持ってきました」

栗最中と豆大福の入った重箱を手渡す。蓋を開けて、彰史は歓声をあげた。

「和菓子じゃないか！　まさか、孤月がひとりで作ったのか？　あんこ炊きから？」

「そうです。まあ、少し時間はかかってしまいましたが」

「すごいじゃないか！　見た目も美しいし、完璧だ……。もういつでも店が出せるな。こんな短期間で一人前の職人になるなんて、孤月は天才なのかもしれない」

彰史は感嘆の息を吐いて、孤月の作った和菓子を見つめている。

「教え方がよかっただけでしょう」

そう返すと、彰史は目を丸くした。

「なんだ、今日はやけに優しいな。いつもみたいに皮肉は言わないのか？」

「いいから、早く食べてみてください。まずは栗最中から」

「ああ、もちろん。いただくよ」

孤月が注視する中、彰史は栗最中を口に運んだ。

「おお、これはうまい」

半分くらいの量を一口で食べ、あとはじっくりと味わっている。

彰史から、孤月の妖力の気配がする。これで、術にかかった。あとはきっかけを与えてやるだけだ。

「彰史。あなたには、周囲には隠している本音があるんじゃないですか？」

言い聞かせるように、ゆっくりはっきりと言葉を紡ぐ。

「え、俺に……？」

「ありますよね。よく考えてください」

すると困惑していた彰史の目の色が変わり、遠くを見るような表情になる。そうして、熱に浮かされたように語り始めた。

「ああ、そうだった。今まで気づかないふりをしていたが……。俺は、自由に菓子が作りたい。新しい商品も自分で考えたいし、季節ごとに新作も出したい。案はたくさんあるんだ……。あとは、兄に認めてもらうだけで……」

彰史は、不安げな顔で自分の手を見つめた。

「お兄さんが認めてくれなくても、ほかに道はあるんじゃないですか？　あなたがもっと自由に菓子を作れる環境です」

孤月は言葉で、そっと彰史の背中を押す。

「ああ、そうか……。兄の下につくのはやめて、家を出て自分の店を開けばいい。どうして思いつかなかったんだろう……」

夢見るようだった彰史の視線が焦点を結び、希望に満ちた輝きに変わっていく。

「新しい店は、古伯屋のように顧客も歴史もない。なにもないところから始めるのは、最初は厳しいかもしれない。でも、だからこそやりがいがある。俺の店だから、俺の好きなようにできる」

「今まで家に守られてきたあなたですが、厳しい環境でもやっていける人だと私は思っていますよ」

本音がするっと口から出て、孤月はなんだかんだこの男を認めていたことを実感した。

「孤月……。ありがとう。お前の菓子を食べたおかげで、俺は自分を取り戻した気がするよ」

彼岸に傾いていた彰史の魂は、もとに戻っていた。しかしまだ、存在は不安定になったままだ。

「やはり、そうですか……」

孤月は唇をかむ。

悩みを打ち明けさせ、迷いを晴らしただけでは解決しないかもしれないと予想していた。夕闇通り商店街に毎日通い、孤月に深く関わったせいで、彰史と孤月の間に縁ができてしまった。孤月との縁を完全に断ち切らないと、不安定な魂はまた彼岸へと傾いてしまう。

そのために、孤月はもうひとつの和菓子を作ってきたのだ。

「使わない選択肢が一番だったんですが、仕方ありません」

小さくつぶやき、ため息をつくと、孤月は「彰史」と声をかけた。

「どうぞ、豆大福も食べてみてください」

「そうだな。こちらも楽しみだ」

豆大福を口にした彰史は「おお、こっちもうまい。塩気が絶妙だな」と夢中になっている。だが、突然顔色が変わった。ぽかんとして、どうして今自分が菓子を食べているのか、意味がわからないといった表情をしている。

そして、ゆっくりと孤月のほうを向き——こう告げた。

「あの……どちらさまですか？」

困惑と、少しの警戒。今まで孤月に見せていた朗らかな笑顔も、親密な口調も、そこにはなかった。

孤月は、口角を上げて笑顔を作る。

「ただの客人です。屋敷が広いので迷ってこの部屋に入ってしまいました」

「ああ、そうだったんですか」

あからさまにホッとした表情。

「でしたら使いの者を呼んで案内させますので……」

「けっこうです。もう帰るところなので」

孤月は彰史を手で制し、扉に向かって踵を返す。

そして、ドアノブに手をかけたとき、忘れ物に気づいたように振り返る。

「ああ、彰史さん。最後に一言よろしいですか？」

「はい、なんでしょう」

「さようなら。もう、あそこに行ってはいけませんよ」

ぱたん……と扉が閉まり、孤月と彰史の縁はここで途切れた。

廊下の壁に寄りかかり、孤月はふっ、と自嘲ぎみの笑いを漏らす。

「食べたときに一番近くにいる人のことを忘れる菓子……。我ながらよくこじつけたものです。豆大福にはたくさん小豆がついていますから、一粒くらいなくなっても気づきませんよね」

彰史にとっての孤月も、小豆の一粒と同じだ。たった数ヶ月、気まぐれで関わっただけ。孤月がいなくても、彰史は商売を成功させ、幸せな人生を歩むのだろう。そして、天寿をまっとうする。

「人間の人生なんて一瞬ですが……。あなたにとって、それが幸福なものであることを願っていますよ」

そうして、孤月は古伯家から姿を消した。

＊　＊　＊

長い回想を終えた孤月は、しばし瞳を閉じた。

あれからこの日本も、だいぶ変わった。戦争で国中が不安定になっていた時期もあったが、今は平和なものだ。もっとも、いつの時代でも悩みを持って不安定になる人間は一定数いる。

「その後あの人は、遠方で和菓子屋を開き成功したと、風の噂で聞きました」

そして、妖力を込めた菓子で不安定な人間を治せることを知った孤月は、夕闇通り商店街に『コハク妖菓子店』を開く。

訪れる人間に悩みに合った菓子をすすめるようになるが、それだけでは慈善事業のようでおもしろくない。そこで、感情のサンプルをとらせてもらうことにした。

彰史の『孤月は感情が乏しいから接客は厳しい』という意見を真に受けたわけではないが、人間の感情を理解すれば、彰史の行動も理解できるのではと考えたのだ。

どうして彰史は孤月を友人だと言ったのか。なぜわざわざ菓子作りを教え、新月と満月の日には粥を届けてくれたのか――。そしてそもそも自分はどうして、彰史を助けようと思ったのか。

そのときの孤月にはわからなかったが、今なら少し、わかる気がする。

孤月は起き上がり、寝室を出る。

ちょうどカウンターの裏側にあたる廊下には、背の高い棚がぎっしりと鎮座していた。

無数に並んだ、ガラス瓶に詰められたサンプル。そのうちのひとつを手に取る。

「これは、栗最中のサンプルですね。あの人に食べさせたのと同じものです」

こうしてときどき手に取り、人間の感情を摂取している。そのおかげで、最近では接客も工夫できるようになった。

「ずいぶん数もたまりましたし、そろそろ整理しなければなりませんね。ラベルをつけ直して、年代順に並び替えて……。はあ、面倒です」

救った客の中には、孤月を神様だと勘違いする者もいたし、感謝を伝えようと神社を訪れた者もいた。

しかし――。

「だれかを救いたくて妖菓子店を開いた、なんて立派なものじゃありません。ただの暇つぶしです。くれぐれも、お忘れなきよう……」

終

この作品は書き下ろしです。

夕闇通り商店街
コハク妖菓子店

栗栖ひよ子

2022年 5 月 5 日　第1刷発行
2022年10月13日　第3刷

発行者　千葉 均
発行所　株式会社ポプラ社
〒102-8519　東京都千代田区麹町4-2-6
ホームページ　www.poplar.co.jp
フォーマットデザイン　bookwall
組版・校正　株式会社鷗来堂
印刷・製本　中央精版印刷株式会社

N.D.C.913/221p/15cm　ISBN978-4-591-17390-9

落丁・乱丁本はお取り替えいたします。

電話(0120-666-553)または、ホームページ(www.poplar.co.jp)のお問い合わせ一覧よりご連絡ください。
※受付時間は月～金曜日、10時～17時です(祝日・休日は除く)。

P8101449

ポプラ文庫好評既刊

四十九日のレシピ

伊吹有喜

妻の乙美を亡くして気力を失ってしまった良平のもとへ、娘の百合子もまた傷心を抱え出戻ってきた。そこにやってきたのは、真っ黒に日焼けした金髪の女の子・井本。乙美の教え子だったという彼女は、乙美が作っていた、ある「レシピ」の存在を伝えにきたのだった。ドラマ化・映画化された話題作。

ポプラ文庫好評既刊

初恋料理教室

藤野恵美

京都の路地に佇む大正時代の町屋長屋。どこか謎めいた老婦人が営む「男子限定」の料理教室には、恋に奥手な建築家の卵に性別不詳の大学生、昔気質の職人など、事情を抱える生徒が集う。人々との繋がりとおいしい料理が、心の空腹を温かく満たす連作短編集。特製レシピも収録!